Kartoffeln

Kartoffeln

INHALT

Impressum

Remseck bei Stuttgart, 1994

ISBN 3 8122 3381 9

VORWORT

Kartoffeln gehören ganz einfach zur deutschen Küche. Ohne Kartoffeln kann man sich viele unserer typischen Rezepte gar nicht vorstellen. Dabei ist die Kartoffel historisch gesehen ein relativ junges Produkt in unserer Gesellschaft. Zu Anfang des 17. Jahrhunderts wurden hierzulande die ersten Kartoffeln angebaut. Aber erst gegen Ende des 18. Jahrhunderts wurde der Wert der Kartoffel als Nutzpflanze endlich richtig erkannt, und die wirtschaftliche Nutzung konnte beginnen.

Ursprünglich, jedenfalls soweit man das zurückverfolgen kann, stammt die Pflanze aus dem südamerikanischen Hochland. Die spanischen Eroberer lernten sie dort kennen. Für die Indios war die Kartoffel neben dem Mais das Grundnahrungsmittel.

Die Kartoffel kam somit als Beutestück der Spanier nach Europa. Dort fristete sie aber ein Schattendasein, jedenfalls was ihre Verwertung als Nahrungspflanze betraf. Sie wurde vielmehr als Zierpflanze wegen ihrer exotischen Blüten mit den rötlichen oder weißen Blütenblättern geschätzt. Die grünen Früchte der Pflanze galten zu recht als ungenießbar. Um die unterirdische Knolle kümmerte sich niemand.

Das änderte sich erst, als der preußische König Friedrich der Große nach Mitteln und Wegen forschen ließ, wie man die Ernährung der Bevölkerung auch in Kriegs- und Notzeiten mit einfachen Mitteln sicherstellen könnte. Dabei kamen die königlichen Ernährungsexperten auf die Kartoffel. Damals erst wurde richtig begriffen, daß der wahre Schatz unter der Erde verborgen liegt. Aber im Fall der Kartoffel war der Schatz zum Glück leicht auszugraben. Und so begann der Siegeszug der unscheinbaren Knolle in unseren Breiten.

Längst ist die Zeit vorbei, als die Kartoffel nur dazu benützt wurde, hungrige Untertanen mit Kalorien zu versorgen. Die Kartoffel wurde in einfachen Küchen ebenso heimisch wie in glitzernden Gourmettempeln. Sie wurde Bestandteil unzähliger kulinarischer Kreationen. Und dabei erwies sich die schlichte Knolle als unglaublich anpassungsfähig.

Angefangen bei den Suppen und Eintöpfen. Kartoffeln stellen eine gute Basis dar, auf der Sie dann verschiedene Zutaten wie Fleisch, Fisch oder Gemüse kombinieren können. Auch bei Aufläufen und Gratins macht die Kartoffel eine gute Figur.

Bei kaum einem Fest fehlt ein Kartoffelsalat auf dem Buffet. Und gerade hier beweist die Kartoffel, daß sie allen Anforderungen gerecht werden kann. Ob deftig und schlicht oder pikant gewürzt, ob als cremige Sünde oder als frische Delikatesse in leichtem Dressing - immer wird ein Kartoffelsalat begeisterte Liebhaber finden.

Kartoffeln haben nicht nur als Hauptspeise einen festen Platz auf unseren Tischen, sondern auch und vor allem als Beilagen. Ob das nun die Salzkartoffeln sind, die Brat- oder Pellkartoffeln; ob es rohe Klöße sind oder böhmische Knödel; ob als Puffer oder Reiberdatschi in lokaler Verkleidung, ob als Püree, ob als Kroketten oder Pommes frites - die Kartoffel ist auf allen Tellern zu Hause und sie schmeckt immer.

Sogar zum Nachtisch läßt die Kartoffel bitten. Haben Sie etwa noch nie einen Kartoffelkuchen ausprobiert?

Dieser Überblick in Stichworten müßte eigentlich jeden neugierig machen, der die Kartoffel bisher etwas von oben herab betrachtet hat. Dazu ist gewiß kein Anlaß.

Die unterirdische Knolle in all ihren Möglichkeiten zu präsentieren, dazu bedürfte es mehr als nur ein Buch. Aber es ist schon viel erreicht, wenn Sie die unscheinbare Knolle wieder deutlich wahrnehmen, wenn Sie sie nicht zugunsten modischer und exotischer Gemüsepflanzen vernachlässigen. Mit der Kartoffel können Sie unzählige kulinarische Höhepunkte setzen, sowohl im Küchenalltag als auch bei allen Festlichkeiten.

Dazu wünschen wir Ihnen viel Spaß und gutes Gelingen.

KARTOFFELN SIND GESUND

Warum gerade ein ganzes Buch über eine einzige Gemüsesorte? Das fragen sich vielleicht manche Leser. Und noch dazu, wo sowohl die wirtschaftliche Bedeutung der Kartoffel wie auch die als Grundnahrungsmittel in den letzten Jahren beständig abgenommen hat. In den letzten drei Jahrzehnten haben die Bundesbürger den Verbrauch auf die Hälfte reduziert. Dennoch verzehrt jeder Bundesbürger im Jahr gut 70 kg Kartoffeln. Angestiegen ist vor allem der Verbrauch von Erzeugnissen, die aus dem Rohstoff Kartoffeln hergestellt werden, also Chips und anderes Kartoffelgebäck, Kroketten, Püree, Klöße, Pommes frites und dergleichen. Bei allem Verlust an Wertschätzung bleibt eines doch sicher: frische Kartoffeln sind gesund. Das beweist ein kurzer Blick auf ihre inneren Werte.

Fett

Kartoffeln bestehen zu 75-80% aus Wasser. Dafür ist der Anteil von Fett auf ein Minimum reduziert, etwa 0,12 g pro 100 g. Früher einmal haftete den Kartoffeln der Ruf des Dickmachers an. Die Zahlen beweisen aber etwas anderes: 70-80 Kilokalorien pro 100 g sind alles, was Kartoffeln an Energie liefern. Dick machen sie also nur, wenn sie mit sahnigen Saucen und fettreichem Fleisch seviert werden. Oder wenn Sie in Form von Chips genossen werden: diese liefern nämlich fast 600 Kilokalorien.

Eiweiß

Betrachtet man die Nährstoffe die in der Kartoffel enthalten sind, dann erscheint sie als eines unserer wichtigsten Grundnahrungsmittel.
Besonders der Eiweißgehalt ist hervorzuheben. Eiweiß kann vom Körper nicht selber aufgebaut werden und muß deshalb mit der Nahrung zugeführt werden.
Nach den Hülsenfrüchten und dem Getreide ist die Kartoffel mengenmäßig der beste Lieferant von pflanzlichem Eiweiß. Das Kartoffeleiweiß ist darüber hinaus jedoch besonders wertvoll, weil es ein sehr günstiges Verhältnis von gesättigten und ungesättigten Aminosäuren hat. In der biologischen Wertigkeit wird das Kartoffeleiweiß deshalb nur vom Sojaeiweiß übertroffen. Wenn Sie das Kartoffeleiweiß mit tierischem Eiweiß kombinieren, wie das etwa beim Kartoffelbrei mit Milch geschieht, dann steigern sie diese Wertigkeit noch und übertreffen spielend die hohe Wertigkeit von rein tierischem Eiweiß.

Vitamine & Co.

Kartoffeln gehören zu den kohlehydratreichen Lebensmitteln. Ein großer Teil davon sind Ballaststoffe. Diese fördern die Darmtätigkeit. Außerdem nehmen sie auf dem Weg durch den Darm Gift und Fäulnisstoffe auf und helfen damit, den Körper zu entschlacken. An Mineralstoffen ist Kalium zu nennen, das im Wechselspiel mit Natrium für das Gleichgewicht im Wasserhaushalt des Organismus sorgt. Außerdem sind Eisen, Magnesium, Mangan und Phosphor hervorzuheben.

Vitamine der B Gruppe, vor allem Vitamin B1 (Thiamin) und B2, stecken ebenso in der Kartoffel wie Vitamin K, und Niacin. Sogar als Vitamin C Spender ist die Kartoffel erwähnenswert. Das Vitamin C regt bekanntlich die Abwehrkräfte des Körpers an. Auch Heilungsprozesse werden durch Vitamin C beschleunigt. Mit einem Gehalt von etwa 20 mg pro 100 g liegt eine rohe Kartoffel immerhin gleichauf mit der Ananas und übertrifft jeden Apfel. Erstaunlich, was der Erdapfel für innere Werte vorweisen kann!
Durch lange Lagerung und unvorsichtige Zubereitung werden die Vitamine allerdings zerstört. Das Vitamin C zum Beispiel ist wasserlöslich. Das bedeutet, daß es ausgeschwemmt wird, wenn Sie die Kartoffeln geschält kochen. Daher ist es ratsam, Kartoffeln in der Schale zu kochen. Wasser sollten Sie so sparsam wie möglich verwenden und den Kochtopf mit einem gut sitzenden Deckel schließen.
Wenn Sie jedoch geschälte Kartoffeln kochen, dann sollten Sie die Knollen nicht noch kleinschneiden. Denn jede zusätzliche Schnittfläche ermöglicht es dem Wasser, Nährstoffe auszuschwemmen.

Ob Sie Kartoffeln nun kochen, dünsten oder grillen - erhitzen müssen Sie Kartoffeln in jedem Fall, denn roh sind sie nicht genießbar. Das liegt vor allem an der Stärke, die erst durch Hitze so verwandelt werden muß, daß wir sie problemlos verdauen können.

Unbedenkliche Kartoffeln

Das bei vielem Freilandgemüse so gefürchtete Nitrat ist in den Kartoffeln nicht in großen Mengen angelagert. Je nach Standort und Sorte rechnet man mit einer Belastung zwischen 0 und 300 mg/kg. Beim Waschen und Schälen im Haushalt kann eine Reduzierung bis zu 80% erreicht werden, so daß Kartoffeln auf jeden Fall zu den nitratarmen Lebensmitteln gerechnet werden dürfen.
Ein Inhaltsstoff der Kartoffel ist als gesundheitsschädlich bekannt, das Solanin. Der gleiche giftige Stoff ist übrigens auch in den Tomaten enthalten und ist dafür verantwortlich, daß die grünen Teile der Tomate stets weggeschnitten werden sollten.
Das Solanin steckt in den grünen Kartoffelfrüchten und in den Keimen, die sich beim Lagern bilden. Auch unter Lichteinwirkung bildet sich das Solanin. Deshalb dürfen Kartoffeln nicht zu hell gelagert werden. Allerdings reichen die Mengen in den frischen Kartoffeln, die bei uns im Handel angeboten werden nicht für eine Vergiftung aus. Unreife, grüne Kartoffeln sollten dennoch nicht verzehrt werden.

KARTOFFELSORTEN

Für den Laien sehen alle Kartoffeln gleich aus, länglich, oval und braun. Aber wie immer ist die Angelegenheit auch diesmal komplizierter als man auf den ersten Blick denkt.

Zum ersten ist die Kartoffel keine Frucht. Die Frucht der Kartoffel, eine grüne Beere, ist nämlich wegen des hohen Solaningehaltes ungenießbar. Der eßbare Teil der Kartoffelpflanze wächst unter der Erde und ist botanisch richtig ausgedrückt eine Verdickung der Wurzelsprossen. In den Knollen spart sich die Kartoffelpflanze alle Nährstoffe zusammen, die sie zum eigenen Wachstum und zur Bildung einer neuen Staude braucht.

Zur Zeit sind in Deutschland etwa 130 Kartoffelsorten registriert. Die Zahl verändert sich durch Neuzüchtungen und Marktverschiebungen ständig. Europaweit werden weit über 400 Sorten angebaut. Sie unterscheiden sich in Form, Farbe, Geschmack und den Reifezeiten.

Frühkartoffeln haben einen feinen Geschmack und gelten als eine besondere Delikatesse. Sogar die Schale ist so zart, daß sie einfach durch Reiben mit der bloßen Hand entfernt werden kann. Diese Schale kann mitgegessen werden. Frühkartoffeln werden in bestimmten Regionen Deutschlands gepflanzt und unter Folien aufgezogen. Erntezeit ist schon Anfang Juni. Die Frühkartoffeln sind wie auch die anschließenden sehr frühen Sorten dazu bestimmt, sofort nach der Ernte verbraucht zu werden. Sie sollten höchstens 14 Tage lang in einem dunklen Raum aufbewahrt werden.

Sehr frühe Sorten werden im Anschluß an die Frühkartoffeln geerntet. Sie sind im Geschmack nicht mehr ganz so fein. Sie müssen bald verarbeitet werden, da sie nicht lange lagerfähig sind. Auch zum Einkellern eignen sie sich nicht. In diese Gruppe gehören zum Beispiel die Sorten Arkula, Atica, Berber, Christa. Gloria oder Karla. Alle sind sie vorwiegend festkochend.

Frühe Sorten können dagegen schon bis in den Herbst hinein im Haushalt aufbewahrt werden. Hierher gehören Arnika, Cliena, Forelle, Karat und die sehr bekannte Sie-linde. Während die ersten vorwiegend festkochend sind, ist die Sieglinde stets festkochend.

Mittelfrühe Sorten haben ihre Erntezeit im August und September. Sie sind uneingeschränkt zur Lagerung und Einkellerung geeignet. In dieser Gruppe gibt es die größte Sortenvielfalt. Die meisten sind vorwiegend festkochend, wie etwa Grata oder Secura. Unter den festkochenden ist die Sorte Hansa zu nennen. Mehligkochend sind zum Beispiel Adretta und Likaria.

Mittelspäte bis späte Sorten haben ihre Erntezeit bis Ende Oktober. Sie sind sehr gut zur Einlagerung geeignet.
Diese Sorten werden nicht mehr in großen Mengen angeboten. Nur eine Vertreterin sei genannt, die mehligkochende Aula.

Festkochend oder mehlig?
Für die Praxis ist es notwendig, über die Kocheigenschaften Bescheid zu wissen. Ob ein Kartoffelsalat mit einer mehligen oder einer festen Sorte zubereitet wird, ist nämlich ein spürbarer Unterschied. Es lohnt sich jedenfalls immer, nicht nur eine Sorte Kartoffeln im Hause zu haben. Natürlich gibt es hier keine verbindlichen Vorschriften, Ihr Geschmack muß letztlich entscheiden. Es gibt auch regionale Unterschiede. So werden in Süddeutschland vorwiegend mehlige Kartoffeln verbraucht und festkochende fast nur zu Kartoffelsalat verwendet. Dagegen werden im Norden die festkochenden Kartoffeln favorisiert.

Ob eine Kartoffel als festkochend, vorwiegend festkochend oder mehlig eingestuft wird, ist vom Stärkegehalt abhängig. Je größer dieser ist, desto mehliger ist die Kartoffel. Die Eiweißmenge ist wiederum in den festen Sorten größer.

Mehligkochende Kartoffeln werden besonders für Kartoffelpüree bevorzugt. Aber für Suppen und Eintöpfe sind sie ebenfalls gut geeignet, weil sie beim Kochen ihre Festigkeit verlieren, aufplatzen und den Eintopf sämig machen. Auch für Kartoffelklöße, -puffer (Reibekuchen, Reiberdatschi) und für Kroketten kommen mehligkochende Sorten in Frage. Vorwiegend festkochende sind

die Kompromißlösung. Dennoch werden sie vor allem für Salz, Grill- und Bratkartoffeln verwendet.
Festkochende Sorten bleiben beim Kochen in Form und Konsistenz erhalten. Sie eignen sich besonders für Kartoffelsalat, für Pell-, Salz- und Bratkartoffeln. Auch für Gratins und Salate, wenn hauchdünne Scheibchen geschnitten werden müssen, sind festkochende Sorten die allererste Wahl.
Ob Kartoffeln gar sind, erkennt man ganz einfach, indem man mit einem Messer oder einer Gabel hineinsticht. Geht das leicht und widerstandslos, dann ist der Garzeitpunkt erreicht.

Kartoffeln können Sie in allen modernen Kochgeräten gleichermaßen schnell und bequem garen, im normalen Kochtopf genau so gut wie in einem Schnellkochtopf, in der Mikrowelle oder in speziellen Tontöpfen. Sie sollten nur immer daran denken gleich große Knollen oder Schnitze ins Wasser zu geben, damit die Garzeiten für alle Stücke gleich sind.

KARTOFFELN EINKAUFEN

Speisekartoffeln werden bei uns in zwei Handelsklassen angeboten, "Extra" und "L". Schlechtere Qualitäten erkennt man an einzelnen faulen Knollen, an langen Keimen oder schwarzen Flecken im Inneren.

Bevor die hiesigen Frühkartoffeln erntereif sind, kommen schon Importe aus Israel, Tunesien, Frankreich oder Italien auf den Markt. Praktisch können Sie das ganze Jahr über Kartoffeln frisch und in guter Qualität kaufen. Dennoch gibt es gute Gründe Kartoffeln einzukellern. Einfach deswegen, weil Ihnen mit einem Vorrat im Keller die Kartoffeln nicht so schnell ausgehen. Außerdem ist es sicher billiger, wenn man zum Beispiel einige Säcke direkt beim Erzeuger auf dem Bauernhof kauft. Damit hat man auch ein wenig Kontrolle darüber, wo die Waren produziert werden und unter welchen Bedingungen.

Lagern

Wenn Sie Kartoffeln einlagern wollen, dann müssen Sie bestimmte Bedingungen erfüllen, was in vielen modernen Wohnungen nicht mehr ganz einfach ist.

Grundvoraussetzung ist nämlich ein geeigneter Kellerraum. Er muß kühl und dunkel sein. Die günstigste Temperatur liegt im Bereich von 4-6°C. Temperaturen um den Gefrierpunkt vertragen die Kartoffeln schlecht. Dabei verwandelt sich die Stärke teilweise in Zucker und die Kartoffeln beginnen, aufdringlich süß zu schmecken. Allerdings kann man diesen Schaden weitgehend wieder ausgleichen, indem man die Kartoffeln in Wasser einweicht. Der Zucker wird dabei zum großen Teil weggespült und der Geschmack neutralisiert.

Schlimmer sind die Schäden durch eine zu hohe Temperatur. Dabei fangen die Kartoffeln nämlich an zu keimen. Die wertvollen Inhaltsstoffe verlagern sich in die auswachsenden Keime, während die Knollen selber zusammenschrumpeln.

Der Kellerraum sollte außerdem trocken sein. Feuchtigkeit regt die Keimung an. Eine gute Luftzirkulation ist also Voraussetzung für das richtige Raumklima. In einer Periode mit feuchtem und kühlem Wetter sollten Sie Ihren Kartoffelkeller immer ausreichend lüften.

Der Raum muß unbedingt dunkel sein. Lichteinfall fördert die Grünfärbung der Knollen und somit die Bildung des giftigen Solanins. Grüngefärbte Knollen müssen aussortiert werden.

Die Kartoffeln zum Einkellern sollten natürlich einwandfrei, sauber und unbeschädigt sein.

Die Qualität kann man ohne großen Aufwand selber testen. Schneiden Sie dazu eine Knolle auseinander und reiben Sie die beiden Teile aneinander. Wenn die Kartoffeln haften bleiben und weißer Schaum am Rande austritt, dann stimmt die Qualität. Wenn sie eine Hälfte in der Hand zusammenpressen und daraufhin Wasser austritt, dann sind die Kartoffeln zu feucht zum Einkellern.

Keinesfalls dürfen die Kartoffeln in der Folienverpackung bleiben. Das Treibhausklima würde sie bald zum Keimen antreiben.
Ebenso wenig dürfen Sie die Kartoffeln beliebig hoch übereinander schichten, weil die unteren dem Druck nicht lange standhalten könnten. Druckstellen und Fäulnis von unten nach oben wären die zwangsläufige Folge. 50 Zentimeter hoch zu schichten ist empfehlenswert, die Höchstgrenze liegt bei 1 Meter.

Kartoffeln mal anders

Eingekellerte oder frische Speisekartoffeln sind die Basis der Kartoffelküche. Darüber hinaus jedoch werden heute immer mehr sogenannte Kartoffelerzeugnisse angeboten. Dazu zählen die vorgefertigten Pommes frites, die zumeist tiefgekühlt angeboten werden. Diese Pommes frites sind allerdings aus der Sicht einer gesunden Ernährung nicht gerade unbedenklich. Sie sind in der Regel vorfritiert und werden oft daheim noch einmal fritiert. Dabei kommen die unscheinbaren goldgelben Stäbchen schnell auf einen Fettgehalt von 15%. Den kann man nur senken, wenn man wenigstens zu Hause das Fritieren läßt, und die Pommes auf dem Grill oder im Backofen fettlos erhitzt.

Die Palette der tiefgefrorenen Kartoffelprodukte ist noch weit umfangreicher. Dazu gehören Knödel, Puffer, Kroketten oder Rösti. Bei dieser Art der Konservierung treten praktisch nur minimale Nährwertverluste auf. Die Haltbarkeitsdauer beträgt mehrere Monate. Für den modernen, mit einer schnellen Mikrowelle ausgerüsteten Haushalt sind diese Produkte ein großer Gewinn.

Knödelmehle oder Trockenmischungen für Kartoffelpuffer sparen zwar Arbeit, liefern aber wesentlich mehr Kalorien als normal gekochte frische Kartoffeln, weil ihnen noch diverse Bindemittel beigefügt werden müssen.

Ganze Kartoffeln werden auch geschält und sterilisiert als Konserven in Gläsern oder Dosen angeboten. Solche Kartoffeln sind vorgegart und müssen nur noch erhitzt werden. Die Nährwerte sterilisierter Kartoffeln sind zwar reduziert, dafür sparen Sie aber auch Zeit, Energie, Arbeit und Abfall.

FRANKFURTER KARTOFFELSUPPE

FÜR 4 PERSONEN:

750 g Kartoffeln
2-3 EL Butter / Margarine
je 1 Zwiebel + Karotte
1 Stange Lauch
200 g Rauchfleisch
2 Paar Wiener Würstchen
1 l Gemüsebrühe
Salz, Pfeffer aus der Mühle
1 Prise Muskat
1 Prise Cayennepfeffer
1/2 Becher Sahne
1 Bund Petersilie

1. Die Kartoffeln schälen, waschen und würfeln.

2. Das Fett in einem Topf erhitzen und die Kartoffeln darin anschwitzen.

3. Die Zwiebel, die Karotte und den Lauch putzen, ebenfalls würfeln, zu den Kartoffeln geben und kurz mitschwitzen.

4. Das Rauchfleisch in feine Würfel schneiden, zum Gemüse geben und bei mäßiger Hitze 8-10 Minuten dünsten lassen.

5. Die Wiener Würstchen in Scheiben schneiden, zum Gemüse geben und das Ganze mit der Gemüsebrühe auffüllen.

6. Die Suppe zum Kochen bringen, mit Salz, Pfeffer, Muskat und Cayennepfeffer abschmecken und weitere 8-10 Minuten köcheln lassen.

7. Die Kartoffelsuppe mit der Sahne verfeinern, nochmals abschmecken, anrichten und mit der verlesenen, gewaschenen und feingehackten Petersilie bestreuen.

8. Die Frankfurter Kartoffelsuppe kann sehr schnell mit tiefgefrorenem Suppengrün und einem fertigen Kartoffeleintopf mit Würstchen zubereitet werden. Verfeinern können Sie die Suppe noch mit gerösteten Brotwürfeln.

KARTOFFELSUPPE MIT CHAMPIGNONS

FÜR 4 PERSONEN:

1-2 EL Butter / Margarine
125 g durchwachsenen geräucherten Speck
2 Zwiebeln
2 Knoblauchzehen, Salz
1 Stange Lauch
1 kg Kartoffeln
1 1/2 - 2 l Gemüsebrühe
150 g frische Champignons
Saft von 1 Zitrone
Salz, Pfeffer aus der Mühle
1 Prise Muskat
1 Prise Cayennepfeffer
1/2 TL Kümmelpulver
1 Bund Petersilie
2 Eigelb, 1/4 l saure Sahne

1. Das Fett in einem Topf erhitzen und den in feine Würfel geschnittenen Speck darin auslassen.

2. Die Zwiebeln schälen und fein würfeln, die Knoblauchzehen schälen, mit Salz zu einer Paste zerreiben, beides zum Speck geben und kurz mitbraten.

3. Den Lauch putzen, in Scheiben oder Würfel schneiden, mit den geschälten und in Würfel oder in Scheiben geschnittenen Kartoffeln zum Speck geben und kurz anschwitzen.

4. Die Gemüsebrühe angießen und das Ganze zum Kochen bringen.

5. Die verlesenen, gewaschenen und in Scheiben geschnittenen Champignons mit Zitronensaft beträufeln und in die Suppe geben.

6. Die Suppe mit Salz, Pfeffer, Muskat, Cayennepfeffer und dem Kümmel abschmecken und bei mäßiger Hitze 20-25 Minuten köcheln lassen.

7. Die verlesene, gewaschene und feingehackte Petersilie untermischen. Die Eigelbe mit der sauren Sahne verrühren und die Suppe damit legieren.

8. Die Suppe vom Feuer nehmen und nicht mehr kochen lassen. Nochmals abrunden, anrichten, ausgarnieren und servieren.

KARTOFFEL-KERBEL-SUPPE

FÜR 4 PERSONEN:
2 Bund frischen Kerbel
1 Stange Lauch
2-3 EL Butter / Margarine
1 Zwiebel
400 g mehlig kochende Kartoffeln
1/2 l Fleischbrühe
1 Tasse Milch
1 Tasse Crème fraîche, Salz, Pfeffer aus der Mühle
1 Prise Muskat
1 Prise Cayennepfeffer
Kerbelblättchen

1. Den Kerbel waschen, gut abtropfen lassen, kleinschneiden und bereitstellen.

2. Den Lauch putzen, waschen und in feine Ringe schneiden.

3. Die Butter oder Margarine in einem Topf erhitzen und die geschälte und feingehackte Zwiebel darin glasig schwitzen.

4. Den Kerbel und den Lauch dazugeben und kurz mitschwitzen.

5. Die Kartoffeln schälen, in feine Würfel schneiden, zum Gemüse geben und ebenfalls kurz mitschwitzen.

6. Mit der Fleischbrühe und der Milch aufgießen und das Ganze bei mäßiger Hitze 15-20 Minuten köcheln lassen.

7. Nach Ende der Garzeit die Suppe im Mixer oder mit dem Pürierstab pürieren und erneut aufkochen lassen.

8. Die Crème fraîche oder saure Sahne untermischen, das Ganze mit Salz, Pfeffer, Muskat und Cayennepfeffer kräftig abschmecken, anrichten, mit Kerbelblättchen ausgarnieren und servieren.

LABSKAUS „BREMER ART"

FÜR 4 PERSONEN:
750 g gepök. Rindfleisch
4 Zwiebeln, 1 Lorbeerblatt
einige Wacholderbeeren
einige Pfefferkörner
3/4 l Gemüsebrühe
1 kg Kartoffeln
Salzwasser
1/4 l heiße Milch
Salz, Pfeffer aus der Mühle
4 saure eingelegte Heringe oder Rollmöpse
200 g Rote Bete-Salat
4 Gewürzgurken, 4 Eier
1-2 EL Butter / Margarine

1. Das Rindfleisch waschen, trockentupfen und würfeln.

2. Die Zwiebeln schälen, vierteln, mit den Gewürzen und dem Fleisch in einen Topf geben.

3. Die heiße Brühe angießen und bei mäßiger Hitze 60-70 Minuten köcheln lassen.

4. Die Kartoffeln schälen, waschen, mit Salzwasser aufgießen und 20 Minuten garen.

5. Das Fleisch aus der Brühe nehmen und auskühlen lassen. Die Brühe passieren.

6. Die Kartoffeln abgießen, durch die Kartoffelpresse in eine Schüssel treiben und mit der Milch und der Brühe zu einem nicht zu steifen Kartoffelpüree verrühren.

7. Das Püree mit Salz und Pfeffer abrunden und das durch die grobe Scheibe des Fleischwolfs gedrehte Fleisch unter die Kartoffeln mischen.

8. Das Labskaus nochmals abrunden und in eine vorgewärmte Schüssel geben.

9. Die abgetropften Heringe oder Rollmöpse mit den Roten Beten und den Gewürzgurken auf einer Platte anrichten und getrennt servieren.

10. Die Eier in einer Pfanne mit etwas Butter oder Margarine zu Spiegeleiern braten. Jede Portion Labskaus mit einem Spiegelei belegen, salzen, pfeffern und sofort servieren.

KARTOFFEL-FISCH-SUPPE

FÜR 4 PERSONEN:

500 g Kabeljaufilet
einige Tropfen Zitronensaft
+ Worcestersauce
Salz, Pfeffer aus der Mühle
1 Zwiebel, 2 Karotten
1 Stück Sellerie
400 g Kartoffeln
1-2 EL Butter / Margarine
1 Glas Weißwein
1 Zweig Dill, 1 Lorbeerblatt
1/2 l Fischbrühe
1 Becher Sahne
1 EL Currypulver
1 Prise Zucker
1 Prise Cayennepfeffer
1/2 Bund Dill

1. Das Filet waschen, trockentupfen, mit Zitronensaft und Worcestersauce beträufeln, würfeln, mit Salz und Pfeffer würzen und 10 Minuten ziehen lassen.

2. Die Zwiebel schälen, hacken, die Karotten und den Sellerie putzen und fein würfeln.

3. Die Kartoffeln schälen und ebenfalls fein würfeln.

4. Die Butter oder Margarine in einem Topf erhitzen und das Gemüse darin glasig schwitzen.

5. Mit Wein ablöschen, den Dillzweig und das Lorbeerblatt dazugeben, mit der Brühe auffüllen und bei mäßiger Hitze 15-20 Minuten köcheln lassen.

6. Das Lorbeerblatt und den Dillzweig aus der Suppe nehmen und das Ganze pürieren.

7. Die Sahne einrühren, mit Curry, Zucker, Cayennepfeffer, Salz, Pfeffer und Zitronensaft abschmecken, zum Kochen bringen und die Fischwürfel in die heiße Suppe geben.

8. Die Fischwürfel in 6-8 Minuten garziehen lassen, die Suppe nochmals abschmecken, anrichten und mit dem feingehackten Dill bestreut servieren.

BRENNESSEL-SÜPPCHEN

FÜR 4 PERSONEN:
1-2 EL Butter/Margarine
1 Zwiebel
500 g Kartoffeln
1 Glas Weißwein
100 g frische junge Brennesselblätter
1/2 l Gemüsebrühe
Salz, Pfeffer aus der Mühle
1 Prise Zucker
1 Prise Cayennepfeffer
1 Prise Muskat
einige Tropfen Zitronensaft
1 Becher Sahne, 3 Eigelb
1/2 Bund Petersilie

1. Die Butter oder Margarine in einer Pfanne erhitzen und die geschälte und feingehackte Zwiebel darin glasig schwitzen.

2. Die geschälten und in feine Würfel geschnittenen Kartoffeln dazugeben und kurz mitschwitzen.

3. Mit Weißwein ablöschen und 6-8 Minuten dünsten lassen.

4. Die verlesenen, grob geschnittenen Brennesselblätter dazugeben und mit der Gemüsebrühe auffüllen und zum Kochen bringen.

5. Das Ganze mit Salz, Pfeffer, Zucker, Cayennepfeffer, Muskat und Zitronensaft kräftig abschmecken und weitere 15-20 Minuten köcheln lassen.

6. Die Suppe anschließend im Mixer oder mit dem Pürierstab pürieren und erneut erhitzen, nochmals abrunden.

7. Die Sahne mit den Eigelben verschlagen und die Suppe damit legieren. Vom Feuer nehmen und nicht mehr kochen lassen.

8. Die Suppe nochmals kräftig abrunden, anrichten und mit der verlesenen, gewaschenen und feingehackten Petersilie bestreut servieren.

BERLINER KARTOFFELSUPPE

FÜR 4 PERSONEN:
500 g Markknochen
1 Lorbeerblatt
einige Pfefferkörner
600 g Rindfleisch
1 1/2 - 2 l Gemüsebrühe
750 g Kartoffeln
2-3 Karotten
2 Stangen Lauch
1 Petersilienwurzel
1 kleinen Staudensellerie
Salz, Pfeffer, Muskat
1 EL Majoran
100 g durchwachs. Speck
2 Zwiebeln
1 Bund Petersilie

1. Die Suppenknochen unter fließendem Wasser waschen, trockentupfen und in einen Topf legen.

2. Die Gewürze und das gewaschene Rindfleisch dazugeben, mit der Gemüsebrühe auffüllen, zum Kochen bringen und etwa 60-70 Minuten köcheln lassen.

3. In der Zwischenzeit mehrmals abschäumen. Die Kartoffeln schälen und in 2-3 cm grobe Würfel schneiden.

4. Die Karotten, den Lauch, die Petersilienwurzel und den Staudensellerie putzen und ebenfalls in Stücke schneiden.

5. Nach Ende der Garzeit das Gemüse zum Fleisch geben und weitere 25-30 Minuten köcheln lassen.

6. Die Suppe mit Salz, Pfeffer, Muskat und Majoran kräftig abschmecken.

7. Den in feine Würfel geschnittenen Speck in eine Pfanne geben und auslassen. Die geschälten und feingehackten Zwiebeln zum Speck geben und kurz mitbraten.

8. Die verlesene, gewaschene und feingehackte Petersilie unter die Speckzwiebeln mischen.

9. Die Berliner Kartoffelsuppe anrichten, mit den Speckzwiebeln bestreuen, ausgarnieren und servieren.

SCHNELLE KARTOFFEL-KÄSE-SUPPE

FÜR 4 PERSONEN:
1-2 EL Butter/Margarine
2 Zwiebeln
1 Bund Suppengrün
500 g Kartoffeln
1 l Gemüsebrühe
Salz, Pfeffer aus der Mühle
1 Prise Muskat
150 g geriebenen Gouda
1 Becher Sahne
2 Eigelb
1 Bund Schnittlauch
1 Bund Petersilie

1. Die Butter oder Margarine in einem Topf erhitzen und die geschälten und feingehackten Zwiebeln darin glasig schwitzen.

2. Das geputzte und kleingeschnittene Suppengrün dazugeben und kurz mitschwitzen.

3. Die Kartoffeln schälen, in feine Würfel oder Scheiben schneiden, zum Gemüse geben und ebenfalls kurz mitschwitzen.

4. Mit der Gemüsebrühe auffüllen, zum Kochen bringen, mit Salz, Pfeffer und Muskat kräftig würzen und bei mäßiger Hitze 10-15 Minuten köcheln lassen.

5. Den geriebenen Käse in die Suppe geben und unter ständigem Rühren schmelzen lassen.

6. Die Sahne mit den Eigelben verschlagen und die Suppe damit legieren, vom Feuer nehmen und nicht mehr kochen lassen.

7. Die Suppe nochmals kräftig abschmecken, die verlesenen, gewaschenen und feingehackten bzw. -geschnittenen Kräuter untermischen, anrichten, ausgarnieren und servieren.

KARTOFFELEINTOPF MIT TORTELLINI

FÜR 4 PERSONEN:

1 Stange Lauch
1 Stück Sellerie, 2 Karotten
je 100 g Rosenkohl- und Blumenkohlröschen
je 100 g grüne Bohnen und Erbsen (TK-Produkt)
1-2 EL Butter/Margarine
1 Zwiebel
500 g Kartoffeln
1 1/2 l Gemüsebrühe
Salz, Pfeffer aus der Mühle
1 Prise Muskatpulver
200 g bißfest gegarte Tortellini
1 Becher Sahne-Dickmilch
1/2 Tasse gemischte, gehackte Kräuter

1. Den Lauch schneiden und den Sellerie würfeln. Die Karotten schälen und in dünne Scheiben schneiden.

2. Die Rosenkohl- und Blumenkohlröschen putzen und bereitstellen.

3. Die Bohnen und Erbsen auftauen lassen.

4. Die Butter oder Margarine in einem Topf erhitzen und die geschälte und feingehackte Zwiebel darin glasig schwitzen.

5. Die gewürfelten Kartoffeln zu den Zwiebeln geben und kurz mitschwitzen.

6. Die Gemüsebrühe dazugeben und zum Kochen bringen. Den Lauch, den Sellerie, die Karotten und die Rosen– und Blumenkohlröschen dazugeben und bei mäßiger Hitze 15-20 Minuten köcheln lassen.

7. Kurz vor Garende die Bohnen und Erbsen dazugeben, mit Salz, Pfeffer und Muskat kräftig abschmecken.

8. Nach Ende der Garzeit die Tortellini mit der Sahne-Dickmilch unter den Eintopf heben, abschmecken, erhitzen, anrichten und mit gehackten Kräutern bestreut servieren.

BUCHWEIZEN-KARTOFFEL-TOPF

FÜR 4 PERSONEN:

1-2 EL Butter oder Margarine
1 Zwiebel
100 g Buchweizen
2 Karotten
500 g Kartoffeln
1 Stück Stangensellerie
1 1/2 l Gemüsebrühe
200 g Erbsen (TK-Produkt)
Salz, Pfeffer aus der Mühle
1 Prise Zucker
1 EL Kräuter der Provence
Saft von 1 Zitrone
2-3 EL Tomatenmark
1 Becher Sahne-Dickmilch
1 Tasse gemischte, gehackte Kräuter

1. Die Butter oder Margarine in einem Topf erhitzen und die geschälte und feingehackte Zwiebel darin glasig schwitzen.

2. Den Buchweizen unter fließendem Wasser waschen, gut abtropfen lassen, zur Zwiebel geben und kurz mitschwitzen.

3. Die Karotten und die Kartoffeln schälen, in Würfel schneiden, mit dem geputzten und kleingeschnittenen Staudensellerie zum Buchweizen geben und ebenfalls kurz mitschwitzen.

4. Mit der Gemüsebrühe auffüllen und das Ganze bei mäßiger Hitze 50-60 Minuten köcheln lassen.

5. Die Erbsen unterheben, das Ganze mit Salz, Pfeffer, Zucker und Kräutern der Provence abschmecken, mit Zitronensaft und Tomatenmark verfeinern.

6. Die Sahne-Dickmilch in den Eintopf einrühren, das Ganze nochmals erhitzen, abschmecken, anrichten, ausgarnieren und mit Kräutern bestreut servieren.

KARTOFFELGNOCCHI AUF PIEMONTESER ART

FÜR 4 PERSONEN:

1 kg mehlig kochende Kartoffeln
Salzwasser
75 g Butter oder Margarine
Salz, weißen Pfeffer aus der Mühle
1 Prise Muskat
1 Prise Cayennepfeffer
100 g Mehl, 2 Eier
1 l Salzwasser
1/2 l Milch
50 g ger. Parmesan

1. Die Kartoffeln waschen, gut abtropfen lassen, in einen Topf geben, Salzwasser angießen und zu Pellkartoffeln kochen.

2. Die fertigen Kartoffeln herausnehmen, leicht abkühlen lassen, pellen und durch die Kartoffelpresse treiben.

3. 25 g Butter oder Margarine in die Kartoffelmasse rühren und das Ganze mit Salz, Pfeffer, Muskat und Cayennepfeffer abrunden.

4. Die Masse unter Rühren auf dem Herd etwas abtrocknen lassen und anschließend mit dem Mehl und den Eiern verkneten.

5. Salzwasser und Milch in einen Topf geben und zum Sieden bringen. Das Ganze darf nicht sprudelnd kochen.

6. Mit zwei Teelöffeln vom Teig kleine Nocken abstechen und diese im Salzwasser 6-8 Minuten garziehen lassen.

7. Die Gnocchis herausnehmen, gut abtropfen lassen, auf eine vorgewärmte Platte geben, die restliche zerlassene Butter oder Margarine gleichmäßig darübergießen, mit Parmesan-bestreuen, ausgarnieren und servieren.

KARTOFFELRÖSTI

FÜR 4 PERSONEN:

1 kg mehlig kochende Kartoffeln
Salzwasser
Salz, weißen Pfeffer aus der Mühle
1 Prise Muskat
2-3 EL Butter oder Margarine
1 Tasse Pflanzenfett

1. Die ungeschälten Kartoffeln gründlich waschen und wenn nötig mit einer Küchenbürste abbürsten.

2. Reichlich Salzwasser sprudelnd aufkochen lassen und die Kartoffeln einlegen.

3. Das Ganze zum Kochen bringen und die Kartoffeln darin 10 Minuten garen.

4. Anschließend die Kartoffeln abgießen, kalt abschrecken, sofort pellen und über Nacht auskühlen lassen.

5. Die Kartoffeln auf einer Röstireibe oder einer groben Reibe mit tropfenförmigen Öffnungen in Streifchen raffeln.

6. Die Masse mit Salz, Pfeffer und Muskat abrunden und die zerlassene Butter oder Margarine einrühren.

7. Das Pflanzenfett in einer Pfanne erhitzen, portionsweise Kartoffeln in die Pfanne geben, mit einem Spatel oder Bratenwender verteilen und gleichmäßig andrücken.

8. Sobald die Unterseite goldbraun gebraten ist, weiteres Pflanzenfett dazugeben, die Kartoffelmasse wenden und die zweite Seite goldgelb braten.

9. Die Röstis herausnehmen, anrichten und servieren.

KARTOFFELAUFLAUF

FÜR 4 PERSONEN:

100 g durchwachsenen geräucherten Speck
500 g Kartoffeln
4-6 Frühlingszwiebeln
2-3 Karotten
2 Becher Joghurt
2 Eier, 1/2 l Milch
1/8 l Gemüsebrühe
Salz, Pfeffer aus der Mühle
1 Prise Muskat
1 Prise Cayennepfeffer
1 Msp. Kümmel
1 Bund Schnittlauch
6 gehäufte EL klassische Mehlschwitze, hell
1-2 EL Butter /Margarine
100 g ger. Emmentaler

1. Den Speck in feine Würfel schneiden und in eine Schüssel geben.

2. Die Kartoffeln schälen, in feine Scheiben schneiden, die Frühlingszwiebeln putzen und in Ringe schneiden.

3. Die Karotten schälen und grob raspeln.

4. Den Joghurt mit den Eiern, der Milch und der Brühe in eine Schüssel geben und kräftig miteinander verrühren.

5. Das Ganze mit Salz, Pfeffer, Muskat, Cayennepfeffer und Kümmel kräftig abschmecken und den feingeschnittenen Schnittlauch untermischen.

6. Die klassische Mehlschwitze einrühren, das Gemüse mit dem Speck vermischen, in einer ausgefetteten Auflaufform mit der Flüssigkeit übergießen.

7. Mit Käse bestreuen und im auf 180-200°C vorgeheizten Backofen 40-50 Minuten garen.

8. Nach Ende der Garzeit den Kartoffelauflauf herausnehmen, ausgarnieren und servieren.

KARTOFFEL-APFEL-GRATIN

FÜR 4 PERSONEN:
500 g Kartoffeln
300 g säuerliche Äpfel
Saft von 2 Zitronen
4 Tomaten
Butter/Margarine
2-3 EL Semmelbrösel
200 g Frischkäse mit französischen Kräutern
1/2 Becher Sahne, 1 Ei
Salz, Pfeffer aus der Mühle
1 Prise Muskat
1 Tasse geröstete Sonnenblumenkerne
1 Tasse gemischte, gehackte Kräuter

1. Die Kartoffeln waschen, in Salzwasser bißfest garen, herausnehmen, leicht erkalten lassen, pellen und in dünne Scheiben schneiden.

2. Die Äpfel schälen, entkernen, in Scheiben schneiden und diese mit Zitronensaft beträufeln.

3. Die Tomaten waschen, den Strunk herausschneiden und anschließend das Fruchtfleisch in Scheiben schneiden.

4. Eine Auflaufform mit Butter oder Margarine ausfetten, mit Semmelbröseln bestreuen. Die Kartoffeln, Äpfel und Tomaten hineinschichten.

5. Den Frischkäse mit französischen Kräutern mit der Sahne und dem Ei verrühren, mit Salz, Pfeffer und Muskat kräftig abschmecken und auf dem Auflauf verteilen.

6. Den Auflauf im auf 180-200° C vorgeheizten Backofen 15-20 Minuten garen.

7. 5 Minuten vor Garende den Auflauf mit Sonnenblumenkernen bestreuen.

8. Nach Ende der Garzeit das Kartoffel-Apfel-Gratin herausnehmen, anrichten, ausgarnieren und mit den gehackten Kräutern bestreut servieren.

KARTOFFEL-BROCCOLI-AUFLAUF

FÜR 4 PERSONEN:

300 g Kartoffeln
Salzwasser
2 Roggenbrötchen
1 Tasse heiße Milch, 4 Eier
200 g Broccoliröschen
Salzwasser
100 g gekochten Schinken
125 g Butterschmalz
Salz, Pfeffer aus der Mühle
1 Prise Muskatpulver
1 TL Majoran
1/2 Bund Petersilie

AUSSERDEM:

Butterschmalz z. Ausfetten
2-3 EL Butterschmalz
3-4 EL Semmelbrösel

1. Die Kartoffeln waschen, in Salzwasser bißfest garen, herausnehmen, kurz auskühlen lassen, schälen und durch die Kartoffelpresse treiben.

2. Die Brötchen in Würfel schneiden, in eine Schüssel geben und mit der heißen Milch übergießen.

3. Die Eier trennen, die Eiweiße steif schlagen.

4. Den Broccoli verlesen, waschen, gut abtropfen lassen und in Röschen schneiden, in Salzwasser bißfest blanchieren.

5. Den Schinken in Würfel oder Rauten schneiden.

6. Das Butterschmalz schaumig rühren, die Eigelbe darunterschlagen, die Brötchen, die Broccoliröschen, den Schinken und die Kartoffeln unterziehen.

7. Zum Schluß das steifgeschlagene Eiweiß unterheben und das Ganze mit Salz, Pfeffer, Muskat und Majoran abrunden.

8. Die gehackte Petersilie untermischen, eine Auflaufform mit Butterschmalz ausfetten und die Masse einfüllen.

9. Im auf 180-200° C vorgeheizten Backofen 35-40 Minuten garen.

10. Das Butterschmalz in einer Pfanne erhitzen und die Semmelbrösel darin bräunen. Kurz vor Garende den Auflauf damit bestreichen.

11. Den Auflauf herausnehmen, anrichten, ausgarnieren und servieren.

KARTOFFELAUFLAUF MIT BRÄT

FÜR 4 PERSONEN:
500 g Kartoffeln
1 Zwiebel, 1 Stange Lauch
500 g grobes Bratwurstbrät
Salz, Pfeffer aus der Mühle
1 EL Majoran
1 Knoblauchzehe, 1 TL Salz
je 150 g Erbsen und
Karotten (TK-Produkt)
2-3 EL Butter/Margarine
1/4 l Gemüsebrühe
1 Bund Schnittlauch

1. Die Kartoffeln waschen, schälen und in Scheiben schneiden.

2. Die Zwiebel schälen und in feine Würfel schneiden.

3. Den Lauch putzen und in feine Streifen schneiden.

4. Das Bratwurstbrät in eine Schüssel geben, verrühren, mit Salz, Pfeffer, Majoran sowie der geschälten und mit Salz zerriebenen Knoblauchzehe würzen.

5. Die Erbsen und Karotten unter das Brät mischen.

6. Die Butter oder Margarine in einer Auflaufform erhitzen, das Gemüse dazugeben und kurz anschwitzen.

7. Das Brät gleichmäßig untermischen und die Gemüsebrühe angießen.

8. Das Ganze nochmals abschmecken und im auf 180-200° C vorgeheizten Backofen 40-50 Minuten garen.

9. Nach Ende der Garzeit den Kartoffelauflauf herausnehmen, anrichten und mit frisch geschnittenem Schnittlauch bestreut servieren.

KARTOFFEL-ROSENKOHL-AUFLAUF

FÜR 4 PERSONEN:
500 g Kartoffeln
500 g Rosenkohl
1 Zwiebel + Knoblauchzehe
1 TL Salz
1-2 EL Butter/Margarine
1/4 l Gemüsebrühe
Salz, Pfeffer aus der Mühle
1 TL Paprikapulver
1 TL Currypulver
1 Dose geschälte Tomaten
2-3 Paar Regensburger
Würstchen
200 g ger. Emmentaler
1/2 Bund Petersilie

1. Die Rosenkohlröschen verlesen, waschen, gut abtropfen lassen und bereitstellen.

2. Die Kartoffeln schälen und in Würfel oder Scheiben schneiden.

3. Die Zwiebel schälen und fein hacken, den Knoblauch schälen und mit Salz zu einer Paste zerreiben.

4. Zwiebeln und Knoblauch mit der Butter oder Margarine in eine Auflaufform geben und glasig schwitzen.

5. Den Rosenkohl und die Kartoffeln dazugeben, kurz anschwitzen, mit der Gemüsebrühe auffüllen und bei mäßiger Hitze 15 Minuten köcheln lassen.

6. Das Ganze mit Salz, Pfeffer, Paprikapulver und Currypulver kräftig abschmecken und mit den geschälten Tomaten auffüllen.

7. Die Regensburger Würstchen enthäuten, in Scheiben oder Würfel schneiden und untermischen.

8. Mit dem Käse bestreuen und das Ganze im auf 180-200° C vorgeheizten Backofen weitere 10-12 Minuten überbacken.

9. Den Auflauf herausnehmen, anrichten, ausgarnieren und mit der gehackten Petersilie bestreut servieren.

KARTOFFEL-ZUCCHINI-GRATIN

FÜR 4 PERSONEN:

1 Stange Lauch
1 Zucchino, 2 Karotten
600 g gekochte Kartoffeln
2 Becher Sahne-Dickmilch
4 Eier
1-2 Knoblauchzehen
1 TL Salz
Saft von 1 Zitrone
Salz, Pfeffer aus der Mühle
je 1 Prise Muskat und Cayennepfeffer
100 g ger. Emmentaler
Butter zum Ausfetten
Semmelbrösel z. Bestreuen
1 Bund Petersilie

1. Den Lauch putzen und in Streifen schneiden.

2. Den Zucchino putzen, waschen und in Scheiben schneiden.

3. Die Karotten dünn schälen und in sehr feine Scheiben schneiden.

4. Die Kartoffeln schälen und in Scheiben schneiden.

5. Die Sahne-Dickmilch mit den Eiern in einer Schüssel glattrühren.

6. Die mit Salz zerriebenen Knoblauchzehen mit dem Zitronensaft untermischen, mit Salz, Pfeffer, Muskat und Cayennepfeffer würzen.

7. Den geriebenen Emmentaler unter die Dickmilchmasse rühren.

8. Eine Auflaufform ausfetten und mit Semmelbröseln bestreuen. Das Gemüse schichtweise hineinlegen.

9. Die Dickmilch-Eier-Masse auf dem Gratin verteilen und das Ganze im auf 180-200° C vorgeheizten Backofen 20-25 Minuten backen.

10. Das Kartoffel-Zucchini-Gratin herausnehmen, anrichten, mit der verlesenen, gewaschenen und feingehackten Petersilie bestreut servieren.

KASSELER KARTOFFELTOPF

FÜR 4 PERSONEN:

500 g Kartoffeln
1/4 l Gemüsebrühe
1-2 EL Butter/Margarine
1 Zwiebel
150 g Kasseler
1 Schuß Weißwein
1-2 EL Butter/Margarine
2 Becher Sahne-Dickmilch
5 Eier
Salz, Pfeffer aus der Mühle
je 1 Prise Muskat, Kümmelpulver und Cayennepfeffer
2-3 EL Weizenvollkornmehl
50 g ger. Parmesankäse
1 Bund Zitronenmelisse

1. Die Kartoffeln waschen, schälen, in Würfel oder Scheiben schneiden und in der Gemüsebrühe bißfest garen.

2. Die Butter oder Margarine in einer Auflaufform erhitzen und die feingehackte Zwiebel darin glasig schwitzen.

3. Das Kasseler würfeln, zur Zwiebel geben und kurz mitbraten.

4. Mit Weißwein ablöschen, die Kartoffeln dazugeben, kurz durchschwenken und anschließend in eine ausgefettete Auflaufform geben.

5. Die Sahne-Dickmilch mit den Eiern in eine Schüssel geben und gut verschlagen.

6. Mit Salz, Pfeffer, Muskat, Kümmel und Cayennepfeffer kräftig abschmecken.

7. Das Mehl mit dem geriebenen Käse untermischen und auf dem Kasseler Auflauf verteilen.

8. Das Ganze im auf 180-200° C vorgeheizten Backofen 15-20 Minuten backen. Herausnehmen, anrichten, mit der gehackten Melisse bestreuen und servieren.

FRANZÖSISCHES KÄSEGRATIN

FÜR 4 PERSONEN:

1 Zucchino
150 g Egerlinge
Saft von 1 Zitrone
600 g gekochte Kartoffeln
200 g Frischkäse mit französischen Kräutern
1 Becher Sahne, 1 Ei
75 g ger. Parmesankäse
Salz, Pfeffer aus der Mühle
je 1 Prise Muskat und Cayennepfeffer
Butter/Margarine zum Ausfetten
Semmelbrösel z. Bestreuen

1. Den Zucchino putzen, waschen und in Scheiben schneiden.

2. Die Egerlinge putzen, in Scheiben schneiden und mit Zitronensaft beträufeln.

3. Die Kartoffeln ebenfalls in Scheiben schneiden.

4. Den Frischkäse mit französischen Kräutern mit der Sahne, dem Ei und dem Parmesankäse in einer Schüssel glattrühren.

5. Mit Salz, Pfeffer, Muskat und Cayennepfeffer kräftig abschmecken.

6. Eine Auflaufform mit Butter oder Margarine ausfetten und mit Semmelbröseln bestreuen.

7. Das Gemüse dekorativ schichtweise hineinlegen und das Ganze mit der Käse-Sahne-Creme überziehen.

8. Das Französische Käsegratin im auf 180-200° C vorgeheizten Backofen 20-25 Minuten goldbraun backen. Herausnehmen, anrichten, ausgarnieren und servieren.

KARTOFFEL-MANGOLD-GRATIN

FÜR 4 PERSONEN:

600 g gekochte Kartoffeln
600 g Mangold
1-2 EL Butter/Margarine
1-2 Knoblauchzehen
1 TL Salz
1 Schuß Weißwein
Salz, Pfeffer
1 Prise Muskatpulver
Fett für die Form
1 Becher Sahne-Dickmilch
3 Eier
125 g ger. Butterkäse
2-3 EL Pinienkerne

1. Die Kartoffeln pellen, in Scheiben schneiden und bereitstellen.

2. Den Mangold in mundgerechte Stücke schneiden.

3. Das Fett erhitzen und die mit Salz zerriebenen Knoblauchzehen darin anschwitzen.

4. Den Mangold dazugeben und kurz mitschwitzen. Mit Wein ablöschen und 3-4 Minuten dünsten.

5. Mit Salz, Pfeffer und Muskat abschmecken und den Mangold in eine ausgefettete Auflaufform geben.

6. Die Kartoffelscheiben in die Mitte legen. Die Dickmilch mit den Eiern verschlagen, mit Salz, Pfeffer und Muskat abschmecken und auf den Kartoffeln verteilen.

7. Den geriebenen Käse darüberstreuen und im auf 180-200° C vorgeheizten Backofen 10-15 Minuten überbacken. Herausnehmen, mit Pinienkernen bestreuen, ausgarnieren und servieren.

KARTOFFELGRATIN MIT SONNENBLUMENKRUSTE

FÜR 4 PERSONEN:
80 g Sonnenblumenkerne
150 g mittelalten Gouda
2 Scheiben Vollkornbrot
2-3 EL Butter/Margarine
1 Zwiebel
500 g Kartoffeln
500 g Kohlrabi
1 Becher Joghurt
1/2 Becher Sahne, 2 Eier
Salz, Pfeffer aus der Mühle
je 1 Prise Curry, Muskat
und Cayennepfeffer
1/2 Bund Petersilie
einige Liebstöckelblätter
Butter/Margarine zum
Ausfetten

1. Die Sonnenblumenkerne in einer Pfanne fettfrei goldgelb rösten. 3 EL davon beiseite stellen.

2. Zuerst den Käse und anschließend das Vollkornbrot im Mixer zerkleinern.

3. Die Sonnenblumenkerne und die Brösel mit 4 EL geriebenem Käse vermischen.

4. Die Butter oder Margarine in einem Topf erhitzen und die geschälte und feingehackte Zwiebel darin glasig schwitzen.

5. Die Kartoffeln und die Kohlrabi schälen, in feine Stifte schneiden oder grob raspeln, zu den Zwiebeln geben und kurz mitschwitzen.

6. Den Joghurt mit der Sahne und den Eiern kräftig verrühren, mit Salz, Pfeffer, Curry, Muskat und Cayennepfeffer kräftig abschmecken und die gehackten Kräuter unterziehen.

7. Eine Auflaufform mit Butter oder Margarine ausfetten, die Kartoffelmasse mit dem restlichen Käse vermischen und einfüllen.

8. Die Joghurtsahne darübergießen und das Ganze mit der Sonnenblumen-Brösel-Mischung abdecken.

9. Die restlichen Sonnenblumenkerne daraufstreuen und den Auflauf im auf 180-200° C vorgeheizten Backofen 25-30 Minuten knusprig backen.

10. Das Kartoffelgratin mit Sonnenblumenkruste anrichten, ausgarnieren und servieren.

HACKFLEISCHTORTE

FÜR 4 PERSONEN:
800 g Rinderhack
2 Eier
1 Zwiebel
1-2 Knoblauchzehen
1 TL Salz
Salz, Pfeffer aus der Mühle
1 Prise Muskatpulver
1 Paprikaschote
200 g frische Champignons
Saft von 1 Zitrone
3-4 EL Semmelbrösel
2-3 EL Tomatenmark
1 Becher Sahne-Dickmilch
1 TL Paprikapulver
1 TL Majoran + Thymian

AUSSERDEM:
Butter/Margarine zum Ausfetten
800 g gekochte Kartoffeln
200 g Kirschtomaten
200 g Mozzarellakäse

1. Das Rinderhack mit den Eiern und der feingehackten Zwiebel vermischen.

2. Die Knoblauchzehen mit Salz zerreiben, mit dem Fleisch vermischen. Mit Salz, Pfeffer und Muskat würzen.

3. Die Paprikaschote halbieren, entkernen und würfeln.

4. Die Champignons würfeln, mit Zitronensaft beträufeln, mit Semmelbröseln, Tomatenmark und Dickmilch zum Fleisch geben und vermischen.

5. Die Masse mit Paprika, Majoran und Thymian verfeinern.

6. Die Kartoffeln pellen, in Scheiben schneiden und eine Auflaufform damit auslegen.

7. Die Hackfleischmasse darauf verteilen und im auf 180-200° C vorgeheizten Ofen 40-45 Minuten backen.

8. Eine Kartoffel grob raspeln, kurz vor Garende die Kirschtomaten über Kreuz einschneiden. Die Kartoffelraspel kreisförmig am Tortenrand verteilen und die Tomaten einsetzen.

9. Den Mozzarellakäse schneiden und in die Mitte legen.

10. Das Ganze weitere 10 Minuten backen, die Hackfleischtorte herausnehmen, anrichten, ausgarnieren und servieren.

KARTOFFELAUFLAUF MIT MOZZARELLA

FÜR 4 PERSONEN:
500 g Kartoffeln
1 Schuß Sahne,
Salz, Pfeffer
1 Prise Muskat
Margarine zum Ausfetten

FÜR DEN BELAG:
400 g Mischgemüse (TK-Produkt)
2 EL Olivenöl
200 g frische Champignons
Saft von 1 Zitrone
6 Tomaten
je 1 TL Oregano+Basilikum

FÜR DIE SAUCE:
30 g Butter/Margarine
30 g Mehl, 1/4 l Milch
4 EL ger. Parmesankäse

AUSSERDEM:
200 g Mozzarellakäse
1 Tasse gem., geh. Kräuter

1. Die Kartoffeln in Salzwasser garen, pürieren, mit Sahne glattrühren, mit Salz, Pfeffer und Muskat kräftig würzen.

2. Eine Auflaufform ausfetten und das Püree hineingeben.

3. Das Mischgemüse auftauen und im Öl kurz anschwitzen.

4. Die Champignons schneiden, mit Zitronensaft beträufeln und unter das Gemüse heben.

5. Die Tomaten würfeln, mit Oregano und Basilikum unter das Gemüse mischen, mit Salz, Pfeffer und Muskat würzen.

6. Das Fett erhitzen und das Mehl einrühren. Die Milch angießen und zu einer Sauce verkochen.

7. Mit Salz, Pfeffer, Muskat und Parmesan verfeinern.

8. Das Gemüse auf dem Püree verteilen, mit der Sauce angießen und mit geschnittenem Mozzarella belegen.

9. Im auf 180-200° C vorgeheizten Backofen 15-20 Minuten garen, anrichten, ausgarnieren und mit gehackten Kräutern bestreut servieren.

Sahne
Dickmilch
Pfeffer

DEFTIGE KARTOFFELROLLEN

FÜR 4 PERSONEN:
50 g Grünkern
1/4 l Gemüsebrühe
600 g mehlig kochende Kartoffeln, Salzwasser
1 Ei, 3 EL Sahne-Dickmilch
Salz, Pfeffer aus der Mühle
1 TL gemahlenen Kümmel
2-3 EL Semmelbrösel

AUSSERDEM:
1 Tasse Weizenmehl
2 Eier
1 Tasse Semmelbrösel
Butterschmalz

FÜR DIE SCHNITTLAUCHSAUCE:
1 Becher Sahne-Dickmilch
1 Tasse Mayonnaise
2 EL Sahne-Meerrettich
1 Schuß Weißwein
Saft von 1 Zitrone
Salz, Pfeffer aus der Mühle
1 Prise Zucker
einige Tropfen Zitronensaft
+ Worcestersauce
2 Bund Schnittlauch

1. Den Grünkern mit der Brühe in eine Schüssel geben und über Nacht einweichen.

2. Den Grünkern mit dem Einweichwasser 20-25 Minuten zugedeckt köcheln lassen.

3. Die Kartoffeln in Salzwasser garen, herausnehmen, pellen und durch die Presse treiben.

4. Das Ei mit der Dickmilch unter den Kartoffelbrei rühren, mit Salz, Pfeffer und Kümmel abschmecken.

5. Die Semmelbrösel und den abgetropften Grünkern unter die Masse heben, abschmecken.

6. Die Masse zu Rollen von 4-5 cm Länge und 2-3 cm Dicke formen.

7. Die Rollen zuerst im Mehl wenden, anschließend durch das verquirlte Ei ziehen und mit Semmelbröseln panieren.

8. Die Kartoffelrollen im Schmalz goldgelb braten, herausnehmen und mit der Schnittlauchsauce servieren.

9. Für die Schnittlauchsauce die Sahne-Dickmilch mit der Mayonnaise glattrühren.

10. Den Sahne-Meerrettich und den Wein sowie den Zitronensaft dazugeben und alles gut miteinander vermischen.

11. Mit Salz, Pfeffer, Zucker, Zitronensaft und Worcestersauce abschmecken.

12. Den Schnittlauch verlesen, waschen, fein schneiden und unter die Sauce ziehen. Das Ganze nochmals abschmecken und servieren.

FETA-KARTOFFELGRATIN

FÜR 4 PERSONEN:
1 kg Kartoffeln
2 Zwiebeln
2-3 EL Butter/Margarine
100 g gekochten Schinken
4 hartgekochte Eier
1/2 l Milch
Salz, Pfeffer aus der Mühle
1/2 TL Kümmel
1 Tasse gemischte, gehackte Kräuter
150 g Feta-Käse
1/2 Becher Sahne

1. Die Kartoffeln schälen, in feine Scheiben schneiden, unter fließendem Wasser gründlich abwaschen und abtropfen lassen.

2. Die Zwiebel schälen und fein hacken.

3. Eine Auflaufform mit der Butter oder Margarine ausfetten und die Kartoffeln, die Zwiebeln sowie den in Streifen geschnittenen Schinken und die gepellten und in Scheiben geschnittenen Eier darin schichtweise anrichten.

4. Die Milch mit Salz, Pfeffer und Kümmel kräftig abschmekken und die gehackten Kräuter untermischen.

5. Den gewürfelten Feta-Käse und die Sahne einrühren und das Ganze gleichmäßig über die Kartoffelmischung verteilen.

6. Die Schinkenkartoffeln in den auf 180-200° C vorgeheizten Backofen schieben und 25-30 Minuten garen. Herausnehmen, anrichten, ausgarnieren und servieren.

PELLKARTOFFELN MIT SCHNITTLAUCH-QUARK

FÜR 4 PERSONEN:
1,2 kg Kartoffeln
Salzwasser
1-2 EL Kümmel
2 EL Kräuter der Provence
FÜR DEN SCHNITTLAUCHQUARK:
500 g Quark
1/8 l Buttermilch
1 Zwiebel
Saft von 1 Zitrone
1 EL gemahlenen Kümmel
je 1 Prise Muskat und Cayennepfeffer
einige Tropfen Worcestersauce
Salz, Pfeffer aus der Mühle
1 Prise Zucker
1-2 Bund Schnittlauch

1. Die Kartoffeln waschen und in einen Topf geben.

2. Das Salzwasser angießen, mit Kümmel und den Kräutern würzen.

3. Die Kartoffeln zugedeckt zum Kochen bringen und bißfest garen.

4. Den Quark mit der Buttermilch in einer Schüssel glattrühren.

5. Die Zwiebel fein reiben, mit dem Zitronensaft und dem Kümmel unter den Quark rühren.

6. Mit Muskat, Cayennepfeffer, Worcestersauce, Salz, Pfeffer und Zucker abschmecken.

7. Den geschnittenen Schnittlauch untermischen und abschmecken.

8. Die Kartoffeln abgießen, anrichten und mit dem Schnittlauchquark servieren.

GEBACKENE KARTOFFELN MIT DIPS

FÜR 4 PERSONEN:
1,5 kg Kartoffeln
1 Tasse Olivenöl
Salz, Pfeffer aus der Mühle
je 1 EL Kümmel, Majoran, Thymian und Rosmarin
FÜR DIE DIPS:
500 g Magerquark
1/2 Becher Kefir
1 Zwiebel
Saft von 1 Zitrone
AUSSERDEM:
1/2 Salatgurke
1 Bund Schnittlauch
1 EL Tsatsiki-Gewürz
je 1 Prise Cayennepfeffer und Zucker
1 Kästchen Kresse
2-3 EL Tomatenmark
2-3 EL Johannisbeergelee
1 rote Paprikaschote
1/2 Bund Radieschen

1. Die Kartoffeln halbieren und auf ein mit Alufolie ausgelegtes Blech setzen.

2. Mit Olivenöl bestreichen, mit Salz und Pfeffer würzen, mit Kümmel, Majoran, Thymian und Rosmarin bestreuen.

3. Im auf 180-200° C vorgeheizten Backofen 30-40 Minuten backen.

4. Den Magerquark mit Kefir und der feingeriebenen Zwiebel sowie dem Zitronensaft glattrühren.

5. Die Quarkmasse halbieren und auf zwei Schüsseln verteilen.

6. Die Salatgurke fein reiben.

7. Mit dem Schnittlauch und dem Tsatsiki-Gewürz unter einen Teil des Quarks rühren und abschmecken.

8. Die Kresse mit Tomatenmark und Johannisbeergelee unter den zweiten Teil des Quarks rühren.

9. Die Paprikaschote und die Radieschen fein würfeln, unter die Quarkmasse rühren und abschmecken.

10. Die Kartoffeln anrichten, ausgarnieren und mit den Dips servieren.

ÜBERBACKENE KÄSEKARTOFFELN

FÜR 4 PERSONEN:
4-8 große Kartoffeln
Salzwasser
FÜR DIE FÜLLUNG:
400 g Frischkäse mit französischen Kräutern
200 g Gorgonzola
200 g gekochten Schinken
2 Eigelb
1 TL Kümmel
Salz, Pfeffer aus der Mühle

1. Die Kartoffeln waschen, mit der Schale in einen Topf geben, Salzwasser angießen und zum Kochen bringen.

2. Die Kartoffeln 25 Minuten kochen lassen.

3. In der Zwischenzeit für die Füllung den Frischkäse mit einer Gabel zerdrücken, mit dem Gorgonzola in eine Schüssel geben und kräftig durchschlagen.

4. Den Schinken fein würfeln, mit den Eigelben und dem Kümmel unter die Käsemasse rühren.

5. Das Ganze mit Salz und Pfeffer kräftig abschmecken.

6. Die Kartoffeln etwas abkühlen lassen und mit der Schale der Länge nach halbieren.

7. Die Kartoffelhälften mit einem Teelöffel etwas aushöhlen, das Ausgehöhlte mit einer Gabel zerdrücken und unter die Käsemasse mischen.

8. Die Kartoffelhälften damit füllen, in eine Auflaufform setzen und das Ganze im auf 220° C vorgeheizten Backofen goldgelb in 10-15 Minuten überbacken. Herausnehmen, auf Blattsalaten anrichten, ausgarnieren und servieren.

KARTOFFELPFANN-KUCHEN MIT SPECK

FÜR 4 PERSONEN:
1 kg festkochende Kartoffeln
2 Zwiebeln
150 g durchwachsenen geräucherten Speck
Salz, Pfeffer aus der Mühle
1 Prise Muskat
1 Prise Cayennepfeffer
3 Eier, 1 Tasse Buttermilch
1 Tasse Mehl
Sonnenblumenöl

AUSSERDEM:
5-6 feste Tomaten
2 Schalotten
einige Tr. Aceto balsamico
einige Tropfen Olivenöl
1 Prise Zucker
1/2 Bund Basilikum
1/2 Bund Schnittlauch

1. Die Kartoffeln schälen, grob reiben, in ein sauberes Küchentuch geben und kräftig ausdrücken.

2. Die Zwiebeln hacken, mit dem gewürfelten Speck trokken in eine Pfanne geben und ausbraten.

3. Die Speckzwiebeln mit den Kartoffeln in einer Schüssel vermischen, mit Salz, Pfeffer, Muskat und Cayennepfeffer kräftig würzen.

4. Die Eier mit der Buttermilch und dem Mehl verrühren, zur Kartoffelmischung geben und alles miteinander vermischen.

5. Die Masse nochmals kräftig abschmecken. Eine beschichtete Pfanne mit Öl leicht ausstreichen und portionsweise den Teig in die Pfanne geben.

6. Den Teig mit einer Palette oder dem Kochlöffel andrücken und die Kartoffelpfannkuchen auf beiden Seiten goldgelb ausbacken.

7. Die Tomaten in Ecken schneiden, mit den feingehackten Schalotten in eine Schüssel geben, mit Essig und Olivenöl beträufeln, mit Salz, Pfeffer und Zucker bestreuen.

8. Das feingeschnittene Basilikum untermischen. Die Kartoffelpfannkuchen anrichten, den Tomatensalat dazugeben, mit geschnittenem Schnittlauch bestreuen, ausgarnieren und servieren.

KARTOFFEL-PFLANZERL

FÜR 4 PERSONEN:
1 kg Kartoffeln
Salzwasser
1 EL Kümmel
2-3 EL Butter/Margarine
100 g gekochten Schinken
1 Zwiebel
4 Frühlingszwiebeln
100 g ger. Emmentaler
4 Eier
1 Bund Schnittlauch
1 Bund Petersilie
1 EL Kräuter der Provence
Haferflocken zum Binden
Salz, Pfeffer aus der Mühle
1 Prise Muskat
1 Prise Cayennepfeffer
Pflanzenfett zum Backen

1. Die Kartoffeln in Salzwasser mit Kümmel kochen, anschließend durch die Kartoffelpresse treiben.

2. Die Butter oder Margarine erhitzen und den fein gewürfelten Schinken anschwitzen.

3. Die Zwiebel und die Frühlingszwiebeln fein würfeln, zum Schinken geben und glasig schwitzen.

4. Die Schinkenmasse vom Feuer nehmen und zur Kartoffelmasse geben.

5. Den Emmentaler mit den Eiern, den feingehackten Kräutern und den Kräutern der Provence zur Kartoffelmasse geben und vermischen.

6. Die Kartoffelmasse mit Haferflocken leicht binden.

7. Mit Salz, Pfeffer, Muskat und Cayennepfeffer abschmecken.

8. Den Kartoffelteig zu kleinen Buletten abdrehen, Pflanzenfett erhitzen und die Kartoffelpflanzerl auf beiden Seiten goldgelb backen.

9. Die Kartoffelpflanzerl anrichten, mit einer Tomatensauce und gemischtem Salat servieren.

KARTOFFELN MIT DIPS

FÜR 4 PERSONEN:
1,2 kg neue Kartoffeln
Salzwasser, 1-2 EL Kümmel

FÜR DEN PFEFFER-DIP:
250 g Magerquark
1/2 Becher Sahne-Dickmilch
Saft von 1 Zitrone
1 EL mittelscharfen Senf
Salz, Pfeffer aus der Mühle
1 Prise Zucker
1 Zwiebel
1 EL grüne Pfefferkörner
1/2 Bund Schnittlauch

FÜR DIE KÄSECREME:
100 g Rotschimmelkäse
250 g Magerquark
1/2 Becher Dickmilch
Saft von 1 Zitrone
Salz, Pfeffer aus der Mühle
1 Prise Muskat + Zucker
1/2 Tasse Walnüsse

FÜR DEN SCHINKEN-DIP:
1-2 EL Butter/Margarine
1 Zwiebel
50 g Schinkenspeck
250 g Magerquark
1/2 Becher Sahne-Dickmilch
Salz, Pfeffer aus der Mühle
je 1 Prise Cayennepfeffer und Zucker
1 EL geschr. Pfefferkörner

1. Die Kartoffeln im Salzwasser mit dem Kümmel bißfest garen.

2. Für den Dip den Quark mit der Dickmilch, dem Zitronensaft und dem Senf glattrühren und mit Salz, Pfeffer und Zucker abschmecken.

3. Die feingehackte Zwiebel mit den Pfefferkörnern und dem feingeschnittenen Schnittlauch untermischen.

4. Für die Käsecreme den Rotschimmelkäse in einer Schüssel zerdrücken, mit Magerquark, Dickmilch und Zitronensaft glattrühren und mit Salz, Pfeffer, Muskat und Zucker abschmecken.
5. Die Walnüsse hacken, 2/3 der Nüsse unter die Creme rühren, den Rest zum Bestreuen bereitstellen.

6. Für den Schinken-Dip die Butter oder Margarine mit der gehackten Zwiebel und dem gewürfelten Schinkenspeck in einer Pfanne braten.

7. Das Ganze vom Feuer nehmen, erkalten lassen, mit dem Magerquark und der Sahne-Dickmilch glattrühren. Mit Salz, Pfeffer, Cayennepfeffer und Zucker abschmekken, anrichten und mit den geschroteten Pfefferkörnern bestreuen.

8. Die Pellkartoffeln mit den Dips anrichten, ausgarnieren und servieren.

PELLKARTOFFELN MIT KRÄUTERSAUCE

FÜR 4 PERSONEN:
1 1/2 kg festkochende, mehlige Kartoffeln
Salzwasser
1 EL Kümmel
1 EL Wacholderbeeren
1 EL Kräuter der Provence

FÜR DIE KRÄUTERCREME:
1 Zwiebel
1 Knoblauchzehe
1 TL Salz
500 g Magerquark
2 Becher Sahne-Dickmilch
2-3 EL mittelscharfen Senf
Saft von 1 Zitrone
Salz, Pfeffer aus der Mühle
1 Prise Cayennepfeffer
1 Prise Zucker
einige Tropfen Worcestersauce
5 cl Eierlikör
1 Bund Dill
1 Kästchen Kresse
1 Bund Schnittlauch

1. Die Kartoffeln waschen, abbürsten, gut abtropfen lassen und in einen Topf geben.

2. Das Salzwasser mit den Gewürzen dazugeben, den Topf verschließen und die Pellkartoffeln bißfest garen.

3. Die Zwiebel schälen, fein hacken, mit der geschälten und mit Salz zerriebenen Knoblauchzehe, dem Quark und der Sahne-Dickmilch in eine Schüssel geben.

4. Mit dem Senf und dem Zitronensaft glattrühren.

5. Den Quark mit Salz, Pfeffer, Cayennepfeffer, Zucker und Worcestersauce kräftig abschmecken und mit Eierlikör aromatisieren.

6. Die Kräuter verlesen, waschen, gut abtropfen lassen, fein hacken und unter die Creme ziehen.

7. Die Pellkartoffeln abgießen, anrichten, den Kräuterquark anrichten, ausgarnieren und zu den Pellkartoffeln servieren.

KARTOFFELNOCKEN MIT APFELSAUCE

FÜR 4 PERSONEN:
750 g mehlig kochende Kartoffeln
Salzwasser
200 g Weizenvollkornmehl
1 Ei
1 TL Salz
1 Prise Muskat
FÜR DIE SAUCE:
3 Äpfel, z.B. Jonagold
Saft von 1 Zitrone
1-2 EL Butter/Margarine
1 Stange Lauch
1 Staudensellerie
1 Glas Apfelsaft
1/4 l Gemüsebrühe
Salz, Pfeffer aus der Mühle
1/2 Bund Majoran
2-3 EL Crème fraîche

1. Die Kartoffeln waschen, mit der Schale in einen Topf geben, Salzwasser angießen und die Kartoffeln in 20-25 Minuten garen.

2. Die Kartoffeln herausnehmen, abgießen, leicht erkalten lassen, pellen und sofort durch die Kartoffelpresse treiben.

3. Das Weizenvollkornmehl mit Ei, Salz und dem Muskat dazugeben und das Ganze zu einer Masse verarbeiten.

4. Den Teig etwa 15 Minuten ruhen lassen und anschließend mit zwei Teelöffeln Nocken abstechen.

5. Die Kartoffelnocken im siedenden Wasser 5 Minuten garziehen lassen, , gut abtropfen lassen und warm stellen.

6. Für die Sauce die Äpfel schälen, entkernen und würfeln, mit Zitronensaft beträufeln.

7. Die Butter oder Margarine in einer Pfanne erhitzen und das kleingeschnittene Gemüse darin anschwitzen.

8. Die Äpfel dazugeben, mit Apfelsaft ablöschen, mit der Gemüsebrühe auffüllen und kräftig einreduzieren lassen.

9. Die Sauce mit Salz und Pfeffer abschmecken, den frisch gehackten Majoran unterziehen und mit der Crème fraîche verfeinern.

10. Die Kartoffelnocken in die Sauce geben, nochmals erhitzen, durchschwenken, anrichten, ausgarnieren und servieren.

SESAMKARTOFFELN MIT JOGHURTCREME

FÜR 4 PERSONEN:
12-16 kleine Pellkartoffeln
Salzwasser
40-50 g ungesch. Sesam
2-3 EL Sonnenblumenöl
AUSSERDEM:
2 Becher Joghurt
2-3 EL Mayonnaise
1 EL mittelscharfen Senf
Salz, Pfeffer aus der Mühle
1 Prise Zucker
1 Prise Cayennepfeffer
2-3 EL Kürbiskerne

1. Die Kartoffeln unter fließendem Wasser waschen, gut abtropfen lassen, in einen Topf geben, mit Salzwasser angießen und zu Pellkartoffeln kochen.

2. Die noch heißen Kartoffeln pellen, halbieren und rundherum mit Sesam bestreuen.

3. Das Sonnenblumenöl erhitzen und die Kartoffeln darin kurz rösten.

4. In der Zwischenzeit den Joghurt mit der Mayonnaise in eine Schüssel geben und glattrühren.

5. Den Senf einrühren und das Ganze mit Salz, Pfeffer, Zucker und Cayennepfeffer würzen.

6. Die Kürbiskerne untermischen.

7. Die Pellkartoffeln anrichten, portionsweise die Joghurtcreme dazugeben, das Ganze ausgarnieren und servieren.

KARTOFFELSALAT MIT SPROSSEN

FÜR 4 PERSONEN:
1 kg Kartoffeln
Salzwasser, 4 Eier
1/2 l Gemüsebrühe
1/2-1 Tasse Kräuteressig
Salz, Pfeffer aus der Mühle
1 Bund Frühlingszwiebeln
1 Bund Radieschen
50 g Alfalfa-Sprossen
3-4 EL Sonnenblumenkerne
FÜR DAS DRESSING:
300 g saure Sahne
2 EL mittelscharfen Senf
Saft von 1 Zitrone
Salz, Pfeffer aus der Mühle
1Pr. Zucker+Cayennepfeffer
einige Salatblätter

1. Die Kartoffeln waschen, in einen Topf , mit Salzwasser angießen und in 25 Minuten garen.

2. Die Eier in etwa 8 Minuten hartkochen.

3. Die Kartoffeln und die Eier abgießen, abschrecken, schälen und auskühlen lassen.

4. Die Kartoffeln in Scheiben schneiden. Die Gemüsebrühe mit dem Kräuteressig in einen Topf geben und zum Kochen bringen.

5. Die Brühe mit Salz und Pfeffer abschmecken, über die Kartoffeln gießen und 30 Minuten ziehen lassen.

6. Die Frühlingszwiebeln putzen und in Scheiben schneiden. Die Radieschen putzen und ebenfalls in Scheiben schneiden.

7. Die Sprossen verlesen, waschen, gut abtropfen lassen.
8. Die Sonnenblumenkerne in einer trockenen Pfanne rösten.

9. Die saure Sahne mit dem Senf glattrühren, mit Zitronensaft, Salz, Pfeffer, Zucker und Cayennepfeffer abschmecken.

10. Den Lauch, die Radieschen, die Sprossen und die Kartoffeln miteinander vermischen und die Sahnesauce untermischen.

11. Die Salatblätter anrichten, den Salat gleichmäßig darauf verteilen, die halbierten Eier darauflegen und das Ganze mit den Sonnenblumenkernen bestreuen, ausgarnieren und servieren.

DEFTIGER BAUERNSALAT

FÜR 4 PERSONEN:
250 g gekochte Kartoffeln
250 g Salami
1 Zwiebel
2 Tomaten
1 kleine Dose Mais
1 kleine Dose Erbsen
1 kleine Dose Kidney Beans
FÜR DAS DRESSING:
1 Tasse Mayonnaise
1 Becher Joghurt
1/2 Tasse Tomaten-Ketchup
etwas Obstessig
Salz, Pfeffer aus der Mühle
1 TL Paprikapulver
1 Prise Zucker
1 Bund Petersilie

1. Die Kartoffeln schälen und in Würfel schneiden.

2. Die Salami würfeln. Die Zwiebel schälen und fein hacken.

3. Die Tomaten enthäuten, entkernen und in Würfel schneiden.

4. Den Mais und die Erbsen sowie die Kidney Beans gut abtropfen lassen.

5. Die Salatzutaten in eine Schüssel geben und vorsichtig miteinander vermischen.

6. Für das Dressing die Mayonnaise mit dem Joghurt und dem Tomaten-Ketchup glattrühren.

7. Mit Obstessig, Salz, Pfeffer, Paprikapulver und Zucker kräftig abschmecken und den Salat damit anmachen.

8. Den Salat dekorativ anrichten. Mit verlesener, gewaschener und feingehackter Petersilie bestreuen, ausgarnieren und servieren.

LYONER KARTOFFELSALAT

FÜR 4 PERSONEN:
2 Karotten
250 g Kartoffeln
1 kleine Sellerieknolle
1/4 l Gemüsebrühe
1 Glas Weißwein
1 Lorbeerblatt
einige Nelken
Saft von 1 Zitrone
250 g gek. Rindfleisch
Gefüllte Oliven
1 kl. Glas Sardellenfilets
FÜR DAS DRESSING:
1/2 Tasse Estragonessig
1/2 Tasse Olivenöl
Salz, Pfeffer aus der Mühle
1 Prise Zucker
1/2 Bund Kerbel
1/2 Bund Estragon
2 hartgekochte Eier

1. Die Karotten, die Kartoffeln und die Sellerieknolle schälen und in gleich große Würfel schneiden.

2. Die Brühe mit dem Weißwein in einen Topf geben und zum Kochen bringen.

3. Das Lorbeerblatt und die Nelken dazugeben und kurz ziehen lassen.

4. Das Gemüse in den Sud geben und bißfest garen.

5. Anschließend das Gemüse herausnehmen, gut abtropfen lassen und mit Zitronensaft beträufeln.

6. Das in Würfel geschnittene Rindfleisch, die in Scheiben geschnittenen Oliven sowie die kleingeschnittenen Sardellenfilets unter das Gemüse heben.

7. Für das Dressing eine halbe Tasse Gemüsefond abmessen. Mit dem Estragonessig und mit dem Olivenöl vermischen.

8. Das Dressing mit Salz, Pfeffer und Zucker kräftig abschmecken und die verlesenen, gewaschenen und feingeschnittenen Kräuter untermischen.

9. Den Salat damit anmachen und dekorativ anrichten.

10. Die Eier schälen, in Scheiben schneiden, auf dem Salat verteilen, ausgarnieren und servieren.

PETERCHENS KARTOFFELSALAT

FÜR 4 PERSONEN:
500 g gekochte Kartoffeln
1/2 Tasse Olivenöl
50 g durchwachsenen geräucherten Speck
1 Zwiebel
100 g Karotten
100 g Sellerie
1 Tasse Gemüse- oder Fleischbrühe
1/2 Tasse Obstessig
2 EL mittelscharfen Senf
2 Paar Wiener Würstchen
1 Bund Radieschen
Salz, weißen Pfeffer aus der Mühle
1 Bund Schnittlauch
1 Bund Petersilie

1. Die Kartoffeln schälen, würfeln und in eine Schüssel geben.

2. Das Olivenöl in einer Pfanne erhitzen und den in feine Würfel geschnittenen Speck darin auslassen.

3. Die geschälte und feingehackte Zwiebel dazugeben und kurz mitschwitzen.

4. Die Karotten und den Sellerie putzen, in feine Würfel schneiden, zu den Speckzwiebeln geben und ebenfalls mitschwitzen.

5. Mit der Gemüsebrühe angießen und bei mäßiger Hitze 4-5 Minuten dünsten.

6. Den Obstessig und den Senf unterrühren und die in Scheiben geschnittenen Wiener Würstchen dazugeben.

7. Das Ganze warm unter die Kartoffeln heben.

8. Die geputzten und gewaschenen Radieschen in Scheiben schneiden, unter den Salat heben und das Ganze mit Salz und Pfeffer kräftig würzen.

9. Die verlesenen, gewaschenen und feingeschnittenen bzw. -gehackten Kräuter unter den Salat heben, anrichten und servieren.

LEICHTER KARTOFFELSALAT

FÜR 4 PERSONEN:
800 g Kartoffeln
1 Zwiebel
2 Gewürzgurken
1 Röhrchen Kapern
1 Becher Joghurt
200 g leichte Mayonnaise
1-2 EL mittelscharfen Senf
Salz, Pfeffer aus der Mühle
je 1 Prise Zucker, Cayennepfeffer + Kümmelpulver
1 Bund Schnittlauch
2 Tomaten

1. Die Kartoffeln waschen, in einen Topf geben, Salzwasser angießen und die Kartoffeln in 20-25 Minuten garen.

2. Die Kartoffeln abschrecken, pellen und vollständig erkalten lassen.

3. Anschließend die Kartoffeln in Scheiben oder Würfel schneiden und in eine Schüssel geben.

4. Die Zwiebel schälen und fein hacken, mit den in feine Würfel geschnittenen Gewürzgurken und den gut abgetropften Kapern unter die Kartoffeln heben.

5. Den Joghurt mit der Mayonnaise und dem Senf glattrühren, mit Salz, Pfeffer, Zucker, Cayennepfeffer und Kümmelpulver kräftig würzen und den Salat damit anmachen.

6. Den Salat nochmals abschmecken, anrichten, mit dem frisch geschnittenen Schnittlauch bestreuen, mit Tomatenachteln ausgarnieren und servieren.

ARMIN'S KARTOFFELSALAT

FÜR 4 PERSONEN:
600 g Pellkartoffeln
1-2 EL Olivenöl
1 Knoblauchzehe
2 Zwiebeln
1 Bund Frühlingszwiebeln
3 Paar Wiener Würstchen
1 Stück Salatgurke
3-4 Tomaten
1-2 Tassen Gemüsebrühe
1/2 Tasse Essig
Salz, Pfeffer aus der Mühle
1 Prise Cayennepfeffer
1 Prise Kümmelpulver
1 Bund Schnittlauch
1 Bund Petersilie

1. Die noch warmen Pellkartoffeln schälen und in Scheiben schneiden.

2. Das Olivenöl in einer Pfanne erhitzen. Die Knoblauchzehe und die Zwiebel schälen, fein hacken, ins Öl geben und kurz anschwitzen.

3. Die Frühlingszwiebeln putzen, waschen, in Scheiben schneiden. Mit den in Scheiben geschnittenen Würstchen zu den Zwiebeln geben und kurz mitschwitzen.

4. Die Salatgurke putzen, in dünne Scheiben schneiden. Die Tomaten enthäuten, entkernen und würfeln.

5. Tomaten, Salatgurken und die Würstchenmasse zu den Kartoffeln geben und alles vorsichtig miteinander vermischen.

6. Die Gemüsebrühe in die Pfanne geben, den Essig dazugeben und erwärmen.

7. Mit Salz, Pfeffer, Cayennepfeffer und Kümmel kräftig würzen. Die verlesenen, gewaschenen und feingehackten bzw. -geschnittenen Kräuter untermischen und den Salat damit anmachen.

8. Den Kartoffelsalat mindestens 20 Minuten ruhen lassen. Anschließend nochmals abschmecken, anrichten, ausgarnieren und servieren.

KARTOFFELSALAT MIT LACHSSTREIFEN

FÜR 4 PERSONEN:
1 kg Salatkartoffeln
Salzwasser
200 ml Gemüsebrühe
1/2 Tasse Obstessig
1/2 Tasse Olivenöl
1-2 EL mittelscharfen Senf
200 g Frischkäse „leicht"
Salz, Pfeffer aus der Mühle
1 Bund Brunnenkresse
200 g Räucherlachs

1. Die Kartoffeln waschen und im Dämpfer oder in einem Topf mit Salzwasser garen.

2. Die Kartoffeln abschrecken, pellen, erkalten lassen, in Scheiben oder Würfel schneiden und in eine Schüssel geben.

3. Für die Marinade die Gemüse- oder Fleischbrühe mit dem Essig, dem Olivenöl und dem Senf sowie dem Frischkäse verrühren. Mit Salz und Pfeffer kräftig würzen.

4. Die Brunnenkresse verlesen, waschen, gut abtropfen lassen. Den Lachs in 1 cm breite und etwa 5 cm lange Streifen schneiden.

5. Die Brunnenkresse und den Lachs unter die Kartoffeln heben, mit der Frischkäsemarinade anmachen, anrichten, ausgarnieren und servieren.

PELLKARTOFFELN MIT SPROSSEN

FÜR 4 PERSONEN:
1,2 kg festkochende Kartoffeln
Salzwasser
500 g Sahne-Dickmilch
Saft von 1 Zitrone
2 EL Sahne-Meerrettich
Salz, Pfeffer aus der Mühle
1 Prise Cayennepfeffer
1 Prise Zucker
1 Tasse Kresse
1 Tasse Alfalfa-Sprossen
1 Tasse Rettichsprossen

1. Die Kartoffeln in Salzwasser garen, abgießen und anrichten.

2. Die Sahne-Dickmilch mit dem Zitronensaft und dem Sahne-Meerrettich verrühren, mit Salz, Pfeffer, Cayennepfeffer und Zucker kräftig würzen.

3. Die Kartoffeln über Kreuz einschneiden, zusammendrücken und mit der Sauce überziehen
.

4. Die verlesenen, gewaschenen und gut abgetropften Sprossen gleichmäßig darauf verteilen und servieren.

KARTOFFEL-KÄSE-CREME

FÜR 4 PERSONEN:
100 g Romadur oder Limburger
4 gekochte Kartoffeln
1 Zwiebel
250 g Magerquark
1/2 Becher saure Sahne
einige Tropfen Zitronensaft
Salz, Pfeffer aus der Mühle
1 Prise Muskat
1 Prise Kümmel
1 Prise Zucker
1 Prise Cayennepfeffer

1. Den Romadur oder Limburger in eine Schüssel geben und mit einer Gabel zerdrücken.

2. Die Kartoffeln schälen, durch die Kartoffelpresse treiben und mit der geschälten und feingehackten Zwiebel zum Käse geben.

3. Den Quark und die saure Sahne dazugeben und alles zu einer glatten Masse verrühren

4. Die Masse mit Zitronensaft, Salz, Pfeffer, Muskat, Kümmel, Zucker und Cayennepfeffer kräftig abschmecken.

5. Die Käsecreme anrichten, ausgarnieren und mit kräftigem Bauernbrot servieren.

KARTOFFEL-WURST-SALAT

FÜR 4 PERSONEN:
500 g Kartoffeln
Salzwasser
400 g Jagdwurst
1 rote + gr. Paprikaschote
1 Zwiebel
2 Stangen Staudensellerie
1/4 l Gemüsebrühe
4 Portionen Salatsauce mit Joghurt
1 Bund Schnittlauch

1. Die Kartoffeln waschen, in einen Topf geben, Salzwasser angießen und die Kartoffeln in 20-25 Minuten garen, herausnehmen, abschrecken, pellen, vollständig erkalten lassen und anschließend in Scheiben schneiden.

2. Die Jagdwurst enthäuten, in hauchdünne Scheiben schneiden und diese vierteln.

3. Die Paprikaschoten halbieren, entkernen, waschen, gut abtropfen lassen und in Streifen schneiden.

4. Die Zwiebel schälen und fein hacken.

5. Den Staudensellerie putzen, in feine Stifte schneiden und diese in der Gemüsebrühe blanchieren, herausnehmen und gut abtropfen lassen.

6. Die Salatzutaten vorsichtig miteinander vermischen und mit der Salatsauce mit Joghurt anmachen.

7. Den Salat nochmals abschmecken, anrichten und mit frisch geschnittenem Schnittlauch bestreut servieren.

EIDERSTETTER KARTOFFELSALAT

FÜR 4 PERSONEN:
200 g gekochte Kartoffeln
200 g Rote Bete
100 g gek. Rindfleisch
2 Salz- oder Matjesheringe
1 Zwiebel
2 säuerliche Äpfel
Saft von 1 Zitrone
2 mittelgr. Gewürzgurken
2 Karotten, 100 g Sellerie
1 Tasse Gemüsebrühe
FÜR DAS DRESSING:
1 Becher saure Sahne
1 Tasse Mayonnaise
1-2 EL mittelscharfen Senf
2-3 EL Obstessig
Salz, weißen Pfeffer aus der Mühle
1 Prise Zucker
1 Prise gemahlenen Kümmel
1 Prise Cayennepfeffer
1 Bund Dill
Salatblätter zum Anrichten

1. Die Kartoffeln und die Rote Bete schälen und in Würfel schneiden.

2. Das Rindfleisch und den Matjeshering ebenfalls würfeln.

3. Die Zwiebel fein hacken.

4. Die Äpfel schälen, entkernen, in Würfel schneiden und mit Zitronensaft beträufeln.

5. Die Gurken würfeln. Die Zutaten in eine Schüssel geben und bereitstellen.

6. Die Karotten und die Sellerieknolle schälen, würfeln und in etwas Gemüsebrühe kurz blanchieren.

7. Zu den übrigen Zutaten geben und alles vorsichtig miteinander vermischen.

8. Für das Dressing die saure Sahne, die Mayonnaise, den Senf und den Obstessig in eine Schüssel geben und glattrühren. Mit Salz, Pfeffer, Zucker, Kümmel und Cayennepfeffer kräftig abschmecken.

9. Den verlesenen, gewaschenen und feingeschnittenen Dill unter das Dressing ziehen und den Salat damit anmachen.

10. Den Salat mit den Salatblättern dekorativ anrichten, evtl. mit Kräuterzweigen garnieren und sofort servieren.

SPINATSALAT MIT KARTOFFELDRESSING

FÜR 4 PERSONEN:
400 g junge Blattspinatblätter
1 Zwiebel, 2 Tomaten
4 hartgekochte Eier
100 g Katenschinken
FÜR DAS DRESSING:
1 Tasse Rinderkraftbrühe
1/2 Tasse Estragonessig
1 Zwiebel
Saft von 1/2 Zitrone
2 gekochte Kartoffeln
Salz, Pfeffer aus der Mühle
1 Prise Cayennepfeffer
1 Prise Zucker
1/2 Bund Oregano
1/2 Bund Basilikum
1/2 Tasse Traubenkernöl

1. Den Blattspinat waschen, abtropfen lassen und in mundgerechte Stücke zerpflücken.

2. Die Zwiebel schälen und in feine Würfel schneiden.

3. Die Tomaten enthäuten, entkernen und ebenfalls würfeln.

4. Die Eier schälen und grob hacken.

5. Den Katenschinken in feine Würfel schneiden.

6. Die Salatzutaten vermischen und dekorativ anrichten.

7. Für das Dressing die Rinderkraftbrühe, den Estragonessig, die geschälte und feingehackte Zwiebel, den Zitronensaft sowie die geschälten und kleingeschnittenen Kartoffeln im Mixer oder mit dem Pürierstab pürieren.

8. Das Dressing mit Salz, Pfeffer, Cayennepfeffer und Zucker kräftig abschmecken und die verlesenen, gewaschenen und feingeschnittenen Kräuter untermischen.

9. Das Traubenkernöl tropfenweise einrühren. Nochmals kräftig abschmecken und den Salat damit anmachen, ausgarnieren und servieren.

KARTOFFELSALAT MIT MATJES

FÜR 4 PERSONEN:
800 g Kartoffeln
200 g Heringsfilet nach Matjesart
1/4 l Buttermilch
1 Bund Radieschen
FÜR DAS DRESSING:
1-2 Knoblauchzehen
1 TL Salz
1 Becher Joghurt
1/2 Becher saure Sahne
1 Schuß Sahne
Salz, Pfeffer aus der Mühle
1 Prise Cayennepfeffer
1 Prise Zucker
1 Bund Schnittlauch

1. Die Kartoffeln waschen, in einen Topf geben, Salzwasser angießen und die Kartoffeln in 20-25 Minuten bißfest garen.

2. Die Kartoffeln herausnehmen, abschrecken, pellen, vollständig erkalten lassen und anschließend in Scheiben schneiden.

3. Die Matjesfilets in 1/2 cm breite Streifen schneiden, in eine Schüssel geben und die Buttermilch angießen. Die Matjesfilets darin 10-15 Minuten ziehen lassen.

4. Die Radieschen putzen und in Scheiben schneiden.

5. Für das Dressing die Knoblauchzehen schälen, mit Salz zu einer Paste zerreiben, mit dem Joghurt, dem Sauerrahm und der Sahne glattrühren.

6. Das Dressing mit Salz, Pfeffer, Cayennepfeffer und Zucker kräftig abschmecken.

7. Die Kartoffeln mit den gut abgetropften Matjes und den Radieschen vermischen und mit dem Dressing anmachen.

8. Den Salat nochmals abschmecken, anrichten, ausgarnieren und mit frisch geschnittenem Schnittlauch bestreut servieren.

9. Den Salat können Sie auch sehr gut mit einem fertigen Sauerrahm-Dressing mit Knoblauch anmachen.

KNUSPRIGE KARTOFFELBAUZEN

FÜR 4 PERSONEN:
1 kg Kartoffeln
1 EL Kümmel
1 EL Koriander
1 TL Anis
Salz
AUSSERDEM:
200 g Vollkornmehl
2 Eier
1 Schuß Sahne
1/2 Bund Petersilie
1/2 Bund Estragon
1/2 Bund Brunnenkresse
1/2 Bund Sauerampfer
Salz, Pfeffer aus der Mühle
1 Prise Muskatpulver
1 Prise Cayennepfeffer
Öl zum Ausbacken

1. Die Kartoffeln unter fließendem Wasser waschen, gut abtropfen lassen und in einen Topf geben.

2. Den Kümmel, den Koriander, den Anis und das Salz dazugeben. Mit Wasser angießen und die Kartoffeln garen.

3. Die fertiggegarten Kartoffeln vom Feuer nehmen, abgießen, leicht erkalten lassen und anschließend pellen.

4. Die Kartoffeln noch warm durch die Kartoffelpresse treiben und in eine Schüssel geben.

5. Das Vollkornmehl, die Eier und die Sahne dazugeben und alles zu einem glatten, kompakten Teig verarbeiten.

6. Die verlesenen, gewaschenen und feingehackten Kräuter untermischen. Das Ganze mit Salz, Pfeffer, Muskat und Cayennepfeffer kräftig abschmecken.

7. Aus der Kartoffelmasse mit bemehlten Händen etwa 1 cm dicke Würstchen formen und diese im schwimmenden Fett goldgelb ausbacken. Herausnehmen, anrichten, ausgarnieren und servieren.

GEMÜSE-KARTOFFEL-PLÄTZCHEN

FÜR 4 PERSONEN:
1 kg gekochte Kartoffeln
125 g Mehl, 2 Eier
Salz, Pfeffer aus der Mühle
1 Prise Muskatpulver
1-2 EL Butter/Margarine
75 g durchwachsenen geräucherten Speck
1 Zwiebel
1 rote + gr. Paprikaschote
100 g gekochten Schinken
1 TL Kräuter der Provence
1/2 Bund Schnittlauch
Öl zum Ausbacken

1. Die Kartoffeln schälen und durch die Kartoffelpresse treiben.

2. Das Mehl und die Eier dazugeben und alles zu einem glatten, kompakten Teig verarbeiten. Mit Salz, Pfeffer und Muskat kräftig würzen.

3. Die Butter oder Margarine in einer Pfanne erhitzen und den in feine Würfel geschnittenen Speck darin auslassen.

4. Die Zwiebel und die Paprikaschoten putzen. In feine Würfel schneiden, zum Speck geben und kurz mitbraten.

5. Den in feine Würfel geschnittenen Schinken dazugeben, die Kräuter der Provence und den feingeschnittenen Schnittlauch untermischen. Das Ganze mit Salz und Pfeffer abschmecken. Vom Feuer nehmen und unter die Kartoffelmasse arbeiten.

6. Die Masse auf einer bemehlten Arbeitsfläche zu einer 5-6 cm dicken Rolle ausrollen und anschließend mit einem Messer 1 cm dicke Scheiben abschneiden.

7. Die Kartoffelscheiben im schwimmenden Fett goldgelb ausbacken. Herausnehmen, anrichten und servieren.

8. Sehr gut lassen sich aus dieser Masse Figuren, wie Sterne, Halbmonde oder andere Tierzeichen ausstechen und ausbacken.

SCHOLLENRÖLLCHEN AUF AVOCADO-KARTOFFELN

FÜR 4 PERSONEN:
12 dünne Schollenfilets à 80 g
einige Tropfen Zitronensaft
einige Tr. Worcestersauce
Salz, Pfeffer aus der Mühle
4 EL Tomatenpüree

AUSSERDEM:
800 g festk. Kartoffeln
2-3 EL Butter/Margarine
2 Zwiebeln
3/8 l Gemüsebrühe
2 Avocados
Saft von 2 Zitronen
1 Prise Cayennepfeffer
1 Prise Muskat

1. Die Schollenfilets unter fließendem Wasser waschen, trockentupfen, mit Zitronensaft und Worcestersauce beträufeln, mit Salz und Pfeffer würzen.

2. Die Filets mit Tomatenpüree bestreichen, zusammenrollen und mit Zahnstochern zusammenstecken.

3. Die Schollenröllchen im Kühlschrank mindestens 10-15 Minuten ziehen lassen.

4. Die Kartoffeln schälen, in Würfel schneiden und bereitstellen.

5. Die Butter oder Margarine in einem Topf erhitzen und die geschälten und feingehackten Zwiebeln darin glasig schwitzen.

6. Die Kartoffelwürfel dazugeben, kurz mitdünsten, mit der Gemüsebrühe auffüllen und bei mäßiger Hitze 10-15 Minuten köcheln lassen.

7. Die Avocados schälen, halbieren, den Kern herauslösen, das Fruchtfleisch in Würfel schneiden und sofort mit Zitronensaft beträufeln.

8. Die Avocadowürfel unter die Kartoffeln heben, einmal aufkochen lassen und das Ganze mit Salz, Pfeffer, Zitronensaft, Worcestersauce, Cayennepfeffer und Muskat kräftig abschmecken.

9. Die Schollenröllchen auf das Gemüse setzen, den Topf verschließen und das Ganze weitere 5-8 Minuten dünsten.

10. Das Gemüse mit den Schollenröllchen anrichten, ausgarnieren und servieren.

SEELACHSFILETS MIT MANGOLD UND KARTOFFELSCHNEE

FÜR 4 PERSONEN:
4 Seelachsfilets
einige Tr. Worcestersauce
einige Tropfen Zitronensaft
Salz, Pfeffer aus der Mühle

AUSSERDEM:
4 entsprechend große Stück Alufolie
Butter/Margarine z. Bestr.

FÜR DAS GEMÜSE:
600 g Mangold
1/2 l Gemüsebrühe
1 Prise Muskat

FÜR DEN KARTOFFELSCHNEE:
600 g Kartoffeln
Salzwasser

1. Die Seelachsfilets waschen, trockentupfen, mit Worcestersauce und Zitronensaft beträufeln, mit Salz und Pfeffer würzen und im Kühlschrank 10-15 Minuten ziehen lassen.

2. Die Alufolie mit Butter oder Margarine bestreichen.

3. Den Mangold waschen und in der erhitzten Gemüsebrühe blanchieren.

4. Den Mangold aus der Brühe nehmen, gut abtropfen lassen und auf die Alufolie legen. Mit Salz, Pfeffer und Muskat bestreuen.

5. Die Seelachsfilets auf die Folie legen, verschließen und auf 180-200° C vorgeheizten Backofen 15-18 Minuten garen.

6. Die Kartoffeln in Salzwasser garen, pellen, durch die Kartoffelpresse auf heiße Teller pressen, mit Salz, Pfeffer und Muskat bestreuen. Den Mangold mit dem Seelachsfilet anrichten, das Ganze ausgarnieren und servieren.

SCHOLLE AUF KARTOFFEL-GEMÜSEBETT

FÜR 4 PERSONEN:
4 küchenfertige Schollen
einige Tropfen Zitronensaft
einige Tr. Worcestersauce
Salz, Pfeffer aus der Mühle
300 g Kartoffeln
2 Kohlrabi, 2 Karotten
1 Fenchelknolle
1-2 EL Butter/Margarine
1 Zwiebel
1/2 l Gemüsebrühe
1/2 T. Obstessig+Weißwein
4 cl Pernod
1 Bund Dill

1. Die Filets waschen, trockentupfen, mit Zitronensaft und Worcestersauce beträufeln, mit Salz und Pfeffer würzen und im Kühlschrank 20 Minuten ziehen lassen.

2. Die Kartoffeln und Kohlrabi in Würfel schneiden, die Karotten in Streifen schneiden.

3. Die Fenchelknolle putzen, waschen und in Streifen schneiden.

4. Die Butter oder Margarine in einem Topf erhitzen und die feingehackte Zwiebel darin anschwitzen.

5. Das restliche Gemüse dazugeben und kurz mitschwitzen.

6. Mit der Gemüsebrühe, dem Obstessig und dem Weißwein auffüllen und das Ganze bei mäßiger Hitze 8-10 Minuten ziehen lassen.

7. Den Gemüsesud mit Pernod aromatisieren, mit Salz und Pfeffer würzen und die Hälfte des zerpflückten Dills dazugeben.

8. Die Schollenfilets in den Sud legen und bei mäßiger Hitze 18-20 Minuten garziehen lassen.

9. Die Schollenfilets anrichten, den Gemüsesud abschmecken, auf den Schollenfilets anrichten, mit dem restlichen gehackten Dill bestreuen, ausgarnieren und servieren.

RÄUCHERFISCH-AUFLAUF MIT KARTOFFELN

FÜR 4 PERSONEN:
2 EL Butter/Margarine
1 Zwiebel
100 g Stangensellerie
je 1 r. + gr. Paprikaschote
100 g frische Champignons
Saft von 1 Zitrone
1 Glas Weißwein
je 1 TL Oregano und Basilikum
Salz, Pfeffer aus der Mühle
4 Tomaten
400 g Räucherfisch
500 g gekochte Kartoffeln
1 Prise Cayennepfeffer
1/4 l Sahne
100 g ger. Butterkäse
1 Tasse gem., geh. Kräuter

1. Die Butter oder Margarine in einer Pfanne erhitzen und die geschälte und feingehackte Zwiebel darin glasig schwitzen.

2. Den Sellerie würfeln, zur Zwiebel geben und kurz mitschwitzen.

3. Die Paprikaschoten in Streifen schneiden, zum Gemüse geben und mitschwitzen.

4. Die Champignons in Scheiben schneiden, mit Zitronensaft beträufeln, zum Gemüse geben und kurz andünsten.

5. Mit Wein ablöschen, mit Oregano, Basilikum, Salz und Pfeffer würzen.

6. Die gewürfelten Tomaten mit dem kleingeschnittenen Räucherfisch und den in Würfel oder Scheiben geschnittenen Kartoffeln unter das Gemüse heben und in eine ausgefettete Auflaufform geben.

7. Das Ganze mit Salz, Pfeffer und Cayennepfeffer bestreuen, die Sahne ebenfalls würzen, den Butterkäse untermischen und das Ganze gleichmäßig auf dem Auflauf verteilen.

8. Den Auflauf im auf 180-200° C vorgeheizten Backofen 20-25 Minuten backen, herausnehmen, anrichten, mit Kräutern bestreuen, ausgarnieren und servieren.

TINTENFISCHSPIESSE MIT APFELSAUCE UND KARTOFFELSCHNEE

FÜR 4 PERSONEN:
500 g küchenfertige, kleine Tintenfische
Saft von 1 Zitrone
einige Tr. Worcestersauce
Salz, Pfeffer aus der Mühle
2-3 EL Butterschmalz

FÜR DIE SAUCE:
2 Zwiebeln
1 Knoblauchzehe
1/2 TL Salz
1 Stück Lauch, 2 Äpfel
1 Prise Zucker
Saft von 1 Zitrone
1 Tasse Apfelsaft
3/8 l Gemüsebrühe
1 Becher Sahne
1 Prise Zucker
1 Prise Cayennepfeffer
je 1 Zweig Thymian, Estragon und Rosmarin
500 g gekochte Kartoffeln
3-4 EL Butter /Margarine
1 Prise Muskat

1. Die Tintenfische waschen, trockentupfen, mit Zitronensaft und Worcestersauce beträufeln, mit Salz und Pfeffer würzen und auf Spieße stecken.

2. Die Tintenfischspieße im Butterschmalz braten, vom Feuer nehmen und warm stellen.

3. Für die Sauce die gehackten Zwiebeln und die zerriebene Knoblauchzehe glasig schwitzen.

4. Den gewürfelten Lauch dazugeben und mitschwitzen.

5. Die Äpfel entkernen, 4 dünne Scheiben als Garnitur zurückbehalten, den Rest grob hacken und mit Zucker und Zitronensaft sowie dem Apfelsaft vermischen, zu den Zwiebeln geben und kräftig einreduzieren lassen.

6. Die Gemüsebrühe und die Sahne angießen, mit Salz, Pfeffer, Zucker und Cayennepfeffer abschmecken und mit den gehackten Kräutern verfeinern.

7. Die gekochten Kartoffeln mit der Butter oder Margarine durch die Kartoffelpresse treiben und dekorativ anrichten. Mit Salz, Pfeffer und Muskat bestreuen.

8. Die Sauce auf den Teller geben, die Apfelschnitze und die Tintenfischspieße darauflegen, ausgarnieren und servieren.

FISCH AUF KARTOFFELPÜREE

FÜR 4 PERSONEN:

500 g Fischfilets (Kabeljau, Lengfisch, Schellfisch)
Saft von 1 Zitrone
einige Tropfen Worcestersauce
Salz, Pfeffer aus der Mühle
2-3 EL Butter/Margarine
1 Zwiebel
1/4 l Gemüsebrühe
1 Tasse Weißwein
500 g gekochte Kartoffeln
3 EL Butter/ Margarine
1/8 l kochende Milch
1 EL Kapern
1/2 Bund Petersilie
1 Prise Muskat
1 Prise Selleriesalz

AUSSERDEM:

1 große Zwiebel
2-3 EL Butter/Margarine

1. Die Fischfilets waschen, trockentupfen und in mundgerechte Würfel schneiden.

2. Die Fischwürfel mit Zitronensaft und Worcestersauce beträufeln, mit Salz und Pfeffer würzen.

3. Die Butter oder Margarine in einem Topf erhitzen und die feingehackte Zwiebel darin glasig schwitzen.

4. Das Ganze mit der Gemüsebrühe und dem Weißwein auffüllen, zum Kochen bringen und die Fischwürfel darin garziehen lassen.

5. In der Zwischenzeit die gekochten Kartoffeln durch die Kartoffelpresse treiben und mit der Butter oder Margarine und der Milch glattrühren.
6. Die Kapern und die gehackte Petersilie unter das Püree ziehen und das Ganze mit Salz, Pfeffer, Muskat und Selleriesalz kräftig abschmecken.

7. Die fertigen Fischfiletwürfel unter das Püree heben und dekorativ anrichten.

8. Die Zwiebel schälen, in Ringe schneiden, mit der Butter oder Margarine in einer Pfanne goldgelb ausbraten, gleichmäßig auf das Püree verteilen, das Püree ausgarnieren und servieren.

KARTOFFELHÄLFTEN MIT FISCHFÜLLUNG

FÜR 4 PERSONEN:
500 g Fischfilet
Saft von 1 Zitrone
einige Tropfen Worcestersauce
Salz, Pfeffer aus der Mühle
200 g Bratwurstbrät
1 Ei
1 Tasse gemischte, gehackte Kräuter (Petersilie, Schnittlauch, Dill, Thymian und Kerbel)
1-2 EL Butte/Margarine
1/8 - 1/4 l Gemüsebrühe

1. Das Fischfilet waschen, trockentupfen, in kleine Würfel schneiden, mit Zitronensaft und Worcestersauce beträufeln und mit Salz und Pfeffer würzen.

2. Das Bratwurstbrät in eine Schüssel geben, das Ei und die gehackten Kräuter untermischen und das Ganze mit Salz und Pfeffer kräftig würzen.

3. Die Kartoffeln der Länge nach halbieren, mit einem Kugelausstecher aushöhlen, so daß ein 1 cm breiter Rand stehen bleibt.

4. Die Kartoffelreste in eine ausgefettete Auflaufform geben und die Kartoffelhälften einsetzen.

5. Die Kartoffeln mit Salz und Pfeffer kräftig würzen und mit der Gemüsebrühe angießen.

6. Das Ganze zum Kochen bringen und 8-10 Minuten köcheln lassen. Danach vom Feuer nehmen, die Kartoffeln aus dem Sud nehmen, gut abtropfen lassen und bereitstellen.

7. Die Fischwürfel unter die Bratwurstmasse heben, nochmals abschmecken und anschließend das Ganze in die Kartoffelhälften füllen.

8. Die Kartoffeln in die Form geben, mit Alufolie abdecken und auf 180-200° C vorgeheizten Backofen 20-25 Minuten fertiggaren. Die gefüllten Kartoffelhälften anrichten, ausgarnieren und servieren.

PELLKARTOFFELN UND SCHELLFISCH

FÜR 4 PERSONEN:
4 Scheiben
Schellfischtranchen à 200 g
Saft von 1 Zitrone
einige Tr. Worcestersauce
Salz, Pfeffer aus der Mühle
1-2 EL Butter/Margarine
1 Zwiebel
1/4 l Gemüsebrühe
1 Glas Weißwein
1-2 EL mittelscharfen Senf
3-4 EL Crème fraîche
1 Msp. Johannisbrot-
kernmehl
1 Prise Zucker
+Cayennepfeffer
1 Bund Schnittlauch

AUSSERDEM:
4 Portionen Pellkartoffeln
4 Portionen geraspelte
Radieschen
4 EL geröstete
Sonnenblumenkerne

1. Die Schellfischtranchen waschen, trockentupfen, mit Zitronensaft und Worcestersauce beträufeln, mit Salz und Pfeffer würzen und im Kühlschrank 10-15 Minuten ziehen lassen.

2. Die Butter oder Margarine in einer Pfanne erhitzen und die Schellfischtranchen darin braten und warm stellen.

3. Die Zwiebel schälen, fein hacken, ins verbliebene Brafett geben und glasig schwitzen.

4. Mit der Gemüsebrühe und dem Weißwein auffüllen, den Senf und die Crème fraîche einrühren.

5. Die Sauce kräftig einreduzieren lassen und anschließend mit Johannisbrotkernmehl binden. Mit Salz, Pfeffer, Zitronensaft, Worcestersauce, Zucker und Cayennepfeffer kräftig abschmecken und den verlesenen, gewaschenen und feingeschnittenen Schnittlauch untermischen.

6. Die Schellfischtranchen anrichten, die Sauce dazugeben, die Pellkartoffeln mit den geraspelten Radieschen dekorativ dazulegen und das Ganze mit den gerösteten Sonnenblumenkernen bestreuen, ausgarnieren und servieren.

HEILBUTTFILETS MIT KARTOFFELN UND GEMÜSE

FÜR 4 PERSONEN:
4 Heilbuttfilets à 250 g
Saft von 1 Zitrone
einige Tr. Worcestersauce
Salz, Pfeffer aus der Mühle
2-3 EL Butter/Margarine
1 Zwiebel, 2 Karotten
6 Kartoffeln
1 Stück Sellerie
1 Stange Lauch
1 Glas Weißwein
1/2 l Gemüsebrühe
2 Lorbeerblätter
einige Nelken
einige Pfefferkörner
1 Schuß Obstessig
1 Prise Zucker

1. Die Heilbuttfilets waschen, trockentupfen, mit Zitronensaft und Worcestersauce beträufeln, salzen, pfeffern und im Kühlschrank 10-15 Minuten ziehen lassen.

2. Die Butter oder Margarine erhitzen und die feingehackte Zwiebel darin glasig schwitzen.

3. Die Karotten, die Kartoffeln, den Sellerie und den Lauch putzen, waschen, gut abtropfen lassen, würfeln, zur Zwiebel geben und kurz mitschwitzen.

4. Mit Weißwein ablöschen, mit der Gemüsebrühe auffüllen und die Lorbeerblätter, die Nelken und die Pfefferkörner dazugeben.

5. Das Ganze mit Obstessig und Zucker süß-sauer abschmecken und bei kleiner Hitze 15 Minuten köcheln lassen.

6. Anschließend die Fischfilets in den Sud legen und weitere 8-10 Minuten garziehen lassen.

7. Die Fischfilets herausnehmen, gut abtropfen lassen, das Gemüse nochmals abschmecken, anrichten, die Fischfilets darauflegen und mit einem Klacks saurer Sahne oder Sahne-Dickmilch überziehen, ausgarnieren und servieren.

GEMÜSERAGOUT MIT KARTOFFELHAUBE

FÜR 4 PERSONEN:
500 g Kartoffeln
1-2 EL Butter/Margarine
etwas Gemüsebrühe
2-3 EL Crème fraîche
1 Prise Muskat
Salz, Pfeffer aus der Mühle
2 Eigelb
AUSSERDEM:
4 Hähnchenbrustfilets
1 TL Thymian
2 EL Butterschmalz
1 Zwiebel, 1 Stck Sellerie
je 150 g Erbsen+Karotten (TK-Produkt)
1 Becher Sahne
1/4 l geb. Bratensauce
125 g geriebenen Käse
1/2 Bund Petersilie

1. Die Kartoffeln würfeln, waschen und abtropfen lassen.

2. Die Butter oder Margarine in einem Topf erhitzen und die Kartoffeln glasig schwitzen.

3. Etwas Gemüsebrühe angießen, den Topf verschließen und das Ganze bei mäßiger Hitze 10-15 Minuten köcheln lassen.

4. Nach Ende der Garzeit die Kartoffeln herausnehmen und durch die Kartoffelpresse treiben.

5. Das Püree mit Crème fraîche glattrühren, mit Muskat, Salz und Pfeffer kräftig würzen und die Eigelbe darunterziehen.

6. Die Hähnchenbrustfilets waschen, trockentupfen und in Streifen schneiden.

7. Die Filets mit Thymian, Salz und Pfeffer kräftig würzen.

8. Das Butterschmalz erhitzen und das Hähnchenfleisch darin braten.

9. Die feingehackte Zwiebel mit dem geputzten und gewürfelten Sellerie dazugeben und kurz mitbraten.

10. Die Erbsen und Karotten dazugeben, die Sahne mit der Bratensauce vermischen, angießen und weitere 8-10 Minuten köcheln lassen

11. Das Gemüseragout in eine feuerfeste Form geben, abschmecken und mit dem Kartoffelpüree bedecken.

12. Das Ganze mit geriebenem Käse bestreuen und im auf 220° C vorgeheizten Back-ofen goldgelb überbacken. Herausnehmen, anrichten, ausgarnieren und servieren.

KARTOFFELBACKES

FÜR 4 PERSONEN:
600 g Kartoffeln
2 Zwiebeln, 1 Rettich
1 rote Paprikaschote
500 g Fleischwurst
1-2 EL Butter/Margarine
1 TL Kümmel+ Majoran
1/4 l Milch
200 g Sahne
125 g ger. Emmentaler
2 Eier
Salz, Pfeffer aus der Mühle
1 Prise Muskat
1 Prise Cayennepfeffer
1/2 Bund Petersilie
1/2 Bund Schnittlauch

1. Die Kartoffeln schälen, in Scheiben schneiden, waschen und gut abtropfen lassen.

2. Die Zwiebeln und den Rettich schälen und in dünne Scheiben schneiden.

3. Die Paprikaschote halbieren, entkernen, waschen, gut abtropfen lassen und würfeln .

4. Die Fleischwurst enthäuten und in Scheiben schneiden.

5. Eine Auflaufform mit Butter oder Margarine ausfetten und das Gemüse und die Fleischwurst in die Auflaufform geben.

6. Den Auflauf mit Kümmel und Majoran bestreuen und die Milch angießen.

7. Die Sahne mit dem Emmentalerkäse und den Eiern verrühren, mit Salz, Pfeffer, Muskat und Cayennepfeffer kräftig abschmecken.

8. Die Masse gleichmäßig auf den Auflauf verteilen und im auf 180-200° C vorgeheizten Backofen 30-40 Minuten backen.

9. Nach Ende der Garzeit den Kartoffelbackes herausnehmen, anrichten und mit den gehackten Kräutern bestreut servieren.

KARTOFFEL-RIPPCHEN

FÜR 4 PERSONEN:
1 kg dicke Rippe
Salz, Pfeffer aus der Mühle
1 TL Paprikapulver
1 EL Majoran
1 TL Thymian
2 Knoblauchzehen
1 TL Salz
2-3 EL Butterschmalz
1/4 l Weißwein
500 g Kartoffeln
4 Karotten, 2 Zwiebeln
etwas Gemüsebrühe
Kräuterzweige z. Garnieren

1. Die dicke Rippe in acht gleich große Stücke teilen, waschen und trockentupfen.

2. Die Rippchen mit Salz, Pfeffer, Paprika, Majoran und Thymian kräftig würzen.

3. Die Knoblauchzehen schälen und mit Salz zu einer Paste zerreiben.

4. Das Fleisch mit der Knoblauchpaste und dem Butterschmalz in ein Bratgeschirr geben und rundherum Farbe nehmen lassen.

5. Während der Garzeit die Fleischteile mehrmals wenden und je nach Bedarf mit etwas Weißwein ablöschen.

6. In der Zwischenzeit die Kartoffeln, die Karotten und die Zwiebeln schälen.

7. Das Gemüse in mundgerechte Stücke schneiden, zum Fleisch geben, den restlichen Weißwein angießen, je nach Bedarf etwas Gemüsebrühe oder Wasser auffüllen und zugedeckt bei mäßiger Hitze das Ganze 40-50 Minuten schmoren lassen.

8. Nach Ende der Garzeit die Kartoffelrippchen nochmals abschmecken, anrichten, mit Kräuterzweigen garnieren und servieren.

KARTOFFELBRATEN

FÜR 4 PERSONEN:
1,5 kg Schweinerollbraten
Salz, Pfeffer aus der Mühle
1 TL Paprikapulver
1 TL Kümmel
2 EL mittelscharfen Senf
2-3 EL Butterschmalz
etwas Wasser oder Wein
4 Zwiebeln, 2 Karotten
500 g Kartoffeln
1 Stange Lauch
1/2 l Gemüsebrühe
2-3 EL Tomatenmark
1 Becher Sahne
4 EL Mehl
1/2 Bund Petersilie
1/2 Bund Schnittlauch

1. Den Schweinerollbraten waschen, trockentupfen, mit Salz, Pfeffer, Paprika und Kümmel kräftig würzen.

2. Anschließend den Rollbraten mit Senf bestreichen.

3. Das Butterschmalz in einem Bräter erhitzen und den Braten darin rundherum Farbe nehmen lassen.

4. Den Bräter in den auf 180-200° C vorgeheizten Backofen schieben und den Braten darin 40 Minuten garen. Während der Garzeit öfter mit etwas Wasser oder Wein ablöschen.

5. In der Zwischenzeit die Zwiebeln, die Karotten, die Kartoffeln und den Lauch putzen, in mundgerechte Würfel schneiden und anschließend zum Fleisch geben.

6. Das Ganze mit der Gemüsebrühe auffüllen und das Tomatenmark einrühren. Weitere 20-25 Minuten garen.

7. Die Sahne mit dem Mehl verrühren und unter die Sauce ziehen. Weitere 10-15 Minuten köcheln lassen.

8. Nach Ende der Garzeit den Rollbraten herausnehmen und in Scheiben schneiden. Die Sauce nochmals kräftig abschmecken, die gehackten Kräuter untermischen, den Rollbraten mit dem Gemüse anrichten, ausgarnieren und servieren.

KARTOFFELAUFLAUF MIT KÄSE

FÜR 4 PERSONEN:
1 kg Kartoffeln
2-3 EL Butter/Margarine
100 g durchwachsenen geräucherten Speck
2 Zwiebeln
1 Tasse Gemüsebrühe
1 Lorbeerblatt
1 TL Kümmel
1 EL Majoran
Salz, Pfeffer aus der Mühle
1 Becher Sahne
2 Eier
200 g ger. Emmentaler
1/2 Bund Schnittlauch

1. Die Kartoffeln schälen und in feine Scheiben schneiden.

2. Die Butter oder Margarine in einer Auflaufform erhitzen und den in feine Würfel geschnittenen Speck darin auslassen.

3. Die Zwiebeln schälen, fein hacken, zum Speck geben und kurz mitschwitzen.

4. Die Kartoffelscheiben dazugeben und ebenfalls kurz mitschwitzen. Das Ganze gut miteinander vermischen.

5. Die Gemüsebrühe angießen, das Lorbeerblatt, den Kümmel und den Majoran dazugeben und mit Salz und Pfeffer würzen.

6. Das Gemüse weitere 6-8 Minuten dünsten.

7. In der Zwischenzeit die Sahne mit den Eiern und dem Emmentaler verrühren und nochmals mit Salz und Pfeffer würzen.

8. Das Ganze in eine ausgefettete Auflaufform geben und mit der Eier-Käse-Sahne überziehen.

9. Den Auflauf in den auf 180-200° C vorgeheizten Backofen schieben und 20-25 Minuten backen. Herausnehmen, anrichten und mit frisch geschnittenem Schnittlauch bestreut servieren.

SCHLEMMERKESSEL

FÜR 4 PERSONEN:
4 Hähnchenkeulen
1 kleine Kalbszunge
2 Ochsenscheiben
Salzwasser
AUSSERDEM:
2-3 l Gemüse- oder Fleischbrühe
1 Gewürzbeutel (Lorbeer, Wacholder, Nelken, Pfefferkörner)
je 1 Zweig Rosmarin und Thymian
1/2 Bund Petersilie
2 Zwiebeln
1 Stange Lauch
4 Karotten
1 kleinen Sellerie
8 Kartoffeln
FÜR DIE SAUCE:
1 Tasse Fleischbrühe
1 kleine Zwiebel
1 Handvoll Brunnenkresse
1 Handvoll Kerbel
1 Handvoll Estragon
2 Knoblauchzehen
1 kleines Glas Sardellenfilets
einige Tropfen Aceto balsamico
1/2-1 Tasse Semmelbrösel
1 Tasse Olivenöl
Salz, Pfeffer aus der Mühle
1 Prise Muskatpulver
1 Prise Cayennepfeffer

1. Die küchenfertigen Hähnchenkeulen, die Kalbszunge und die Ochsenscheiben unter fließendem Wasser abwaschen und trockentupfen.

2. Das Salzwasser in einem Topf erhitzen und die Fleischteile darin kurz blanchieren. Herausnehmen, unter fließendem Wasser abwaschen, gut abtropfen lassen und bereitstellen.

3. Die Gemüse- oder Fleischbrühe in einem Topf erhitzen. Den Gewürzbeutel und die Kräuter dazugeben und die Ochsenscheiben bei mäßiger Hitze 40-50 Minuten köcheln lassen.

4. Anschließend die Kalbszunge dazugeben und weitere 30-40 Minuten garen.

5. In der Zwischenzeit die Zwiebeln, den Lauch, die Karotten, den Sellerie und die Kartoffeln putzen. Je nach Bedarf in mundgerechte Stücke schneiden. Mit den Hähnchenkeulen in den Kessel geben und weitere 30-40 Minuten garen.

6. Für die Sauce eine Tasse Fleischbrühe abnehmen, leicht erkalten lassen. Mit der geschälten, feingehackten Zwiebel sowie den verlesenen, gewaschenen und kleingeschnittenen Kräutern, den geschälten, gehackten Knoblauchzehen und den abgewaschenen Sardellenfilets im Mixer oder mit dem Pürierstab pürieren.

7. Das Ganze mit etwas Aceto balsamico säuern und mit Semmelbröseln binden.
8. Tropfenweise das Olivenöl einrühren. Die Sauce mit Salz, Pfeffer, Muskat und Cayennepfeffer kräftig würzen und bereitstellen.

9. Nach Ende der Garzeit den Schlemmerkessel kräftig abschmecken, anrichten und mit der Sauce servieren.

WOLFGANG'S FESTESSEN

FÜR 4 PERSONEN:

4 Schweineherzen
4 Schweinezüngchen
2 Zwiebeln
4 Karotten
1 Stange Lauch
600 g Kartoffeln
2-3 l Gemüsebrühe
2 Lorbeerblätter
einige Nelken
einige Pfefferkörner
einige Senfkörner
1 Peperoni
Salz, Pfeffer aus der Mühle
1 Prise Muskatpulver
1 Prise Cayennepfeffer

AUSSERDEM:

1 Glas Sahne-Meerrettich
1 Glas Delikateß-Senf

1. Die Schweineherzen und die Schweinezüngchen putzen, waschen und trockentupfen.

2. Die Zwiebeln schälen und in grobe Würfel schneiden.

3. Die Karotten schälen und ebenfalls würfeln.

4. Den Lauch putzen, waschen, gut abtropfen lassen und in Stücke schneiden.

5. Die Kartoffeln schälen, halbieren oder vierteln.

6. Die Gemüsebrühe in einen feuerfesten Grilltopf geben und zum Kochen bringen.

7. Die Lorbeerblätter, die Nelken, die Pfefferkörner, die Senfkörner und die Peperoni dazugeben, mit Salz, Pfeffer, Muskat und Cayennepfeffer würzen und 2-3 Minuten ziehen lassen.

8. Die Schweineherzen und die Schweinezüngchen dazugeben und bei mäßiger Hitze 30 Minuten garen.

9. Das Gemüse zu dem Fleisch geben und 30-40 Minuten garen.

10. Nach Ende der Garzeit die Schweineherzen, die -züngchen und das Gemüse auf einer großen Platte anrichten, den Sud nochmals abschmecken, getrennt zum Festessen reichen, ausgarnieren und mit Sahne-Meerrettich und Delikateß-Senf servieren.

TOLLE KNOLLE IN ALUFOLIE

FÜR 4 PERSONEN:

1,2 kg mittelgroße Kartoffeln
Salzwasser
2 Lorbeerblätter
2 EL Kümmel
Alufolie
Olivenöl zum Bestreichen

AUSSERDEM:

2 Becher Sahne-Dickmilch
1 Schuß Sahne
1 Bund Schnittlauch
1 Kästchen Kresse
Salz, Pfeffer aus der Mühle
1 Prise Knoblauchpulver
1 EL grob gem. Kümmel

1. Die Kartoffeln waschen und in einen Topf geben.

2. Das Salzwasser, die Lorbeerblätter und den Kümmel dazugeben und die Kartoffeln bißfest garen.

3. Je nach Menge der Kartoffeln entsprechend große Stükke Alufolie vorbereiten und diese mit Olivenöl bestreichen.

4. Die Kartoffeln in Alufolie wickeln und auf dem Grill fertiggaren.

5. Für die Sauce die Sahne-Dickmilch mit der Sahne in eine Schüssel geben und glattrühren.

6. Die verlesenen, gewaschenen und feingehackten Kräuter untermischen, das Ganze mit Salz, Pfeffer, Knoblauchpulver und Kümmel kräftig würzen.

7. Die fertigen Folienkartoffeln mit einem Messer über Kreuz einschneiden und mit beiden Daumen und Zeigefingern zur Mitte hin zusammendrücken.

8. Die Sauce gleichmäßig über die Folienkartoffeln verteilen, anrichten, ausgarnieren und servieren.

SCHWEINEKRUSTE MIT KARTOFFELGRATIN

FÜR 4 PERSONEN:
600 g Schweinefilet
Salz, Pfeffer aus der Mühle
1-2 EL mittelscharfen Senf
1/2 Tasse Mehl
2-3 EL Olivenöl

FÜR DIE KRUSTE:
2 Eier
je 1/2 Bund Petersilie und Schnittlauch
2 EL geriebene Haselnüsse
2 EL ger. Parmesankäse
16 Stücke Alufolie
Olivenöl zum Bestreichen

FÜR DEN KARTOFFELGRATIN:
750 g mehlig k. Kartoffeln
2 Knoblauchzehen
Butter zum Einfetten
1 Prise Muskatpulver
1/2 l Milch, 1/2 l Sahne
1 Ei, 125 g ger. Gruyère
70 g Butter/Margarine

1. Die Schweinefilets in 16 Scheiben schneiden, mit Salz und Pfeffer würzen, mit Senf bestreichen, in Mehl wenden.

2. Das Olivenöl in einer Pfanne erhitzen und die Filetscheiben darin kurz anbraten. Vom Feuer nehmen und bereitstellen.

3. Für die Kruste die Eier mit den feingehackten Kräutern in einer Schüssel verschlagen. Die Haselnüsse und den Parmesankäse untermischen.
16 entsprechend große Stücke Alufolie mit Olivenöl bestreichen, die Filetscheiben darauf legen und diese mit der Kräuter-Ei-Masse bestreichen.

4. Die Folie verschließen und die Filets im Ofen garen.

5. Für das Kartoffelgratin die Kartoffeln schälen und in hauchdünne Scheibchen schneiden.

6. Eine Auflaufform mit den Knoblauchzehen ausreiben und das Ganze dick mit Butter einfetten.

7. Die Kartoffeln einschichten und jede Lage mit Salz, Pfeffer und Muskat würzen.

8. Die Milch mit der Sahne in einem Topf lauwarm werden lassen und das verquirlte Ei und 2/3 des geriebenen Käses einrühren.

9. Über die Kartoffeln gießen, mit dem Käse bestreuen, die Butterflöckchen daraufsetzen und im auf 180-200° C vorgeheizten Backofen 30-40 Minuten backen. Mit den Schweineschnitzelchen anrichten, ausgarnieren und servieren.

KRABBEN-KARTOFFELN IN CURRYSAHNE

FÜR 4 PERSONEN:
1 kg gleich große Kartoffeln
Salzwasser
150-200 g Krabben oder Shrimps
3-4 EL Keimöl
1 Zwiebel
1 Schuß Weißwein
1/4 l Gemüsebrühe
Salz, Pfeffer aus der Mühle
1 TL Curry
1 Prise Kurkuma
2 Becher Crème fraîche
4 Portionen Blattspinat

1. Die Kartoffeln gründlich waschen und in einen Topf geben, Salzwasser angießen und die Kartoffeln 10-15 Minuten garen.

2. Anschließend die Kartoffeln abschrecken, pellen und in Abständen von 1/2-1 cm keilförmige, kleine Stückchen herausschneiden.

3. Die Krabben oder Shrimps in die Ausschnitte legen. Die Krabben-Kartoffeln in eine ausgefettete Auflaufform geben.

4. Das Keimöl in einer Pfanne erhitzen und die feingehackte Zwiebel darin glasig schwitzen.

5. Mit Weißwein ablöschen und mit der Gemüse- oder Fleischbrühe auffüllen.

6. Mit Salz, Pfeffer, Curry und Kurkuma kräftig abschmecken und die Crème fraîche einrühren.

7. Die Sauce gleichmäßig auf die Krabben-Kartoffeln verteilen und das Ganze in dem auf 180-200° C vorgeheizten Backofen 30-40 Minuten garen. Während der Garzeit öfter die Kartoffeln mit etwas Sauce überziehen.

8. Die Kartoffeln anrichten, etwas Sauce darübergießen, den fertigen Blattspinat dazugeben, das Ganze ausgarnieren und servieren.

KARTOFFEL-SCHUPFNUDELN

FÜR 4 PERSONEN:
1 kg Kartoffeln
60 g Mehl,
40 g Speisestärke
1 EL Salz
weißen Pfeffer aus der Mühle
1 Prise Muskatpulver
Mehl zum Bestauben
AUSSERDEM:
Salzwasser
100 g Butterschmalz
1 Bund Petersilie
1/2 Bund Majoran
Salz, Pfeffer aus der Mühle

1. Die Kartoffeln waschen, in der Schale garen, pellen und zweimal durch die Kartoffelpresse treiben, vollständig erkalten lassen, mit dem Mehl, der Speisestärke, dem Salz, dem weißen Pfeffer und dem Muskat zu einem glatten Teig verarbeiten.

2. Den Teig auf einer bemehlten Arbeitsfläche zu einer ca. 2 cm dicken Rolle formen und in 1 cm dicke Scheiben schneiden.

3. Die Scheiben zu etwa fingerdicken Röllchen formen und diese portionsweise in kochendes Salzwasser geben.

4. Die Nudeln garen. Anschließend mit einem Schaumlöffel herausnehmen, mit kaltem Wasser abbrausen und gut abtropfen lassen. Etwa 2 Stunden auf ein sauberes Küchentuch zum Abtrocknen legen.

5. Das Butterschmalz in einer großen Pfanne erhitzen und die Schupfnudeln darin goldbraun braten. Mit den feingehackten Kräutern bestreuen, mit Salz und Pfeffer würzen, ausgarnieren und servieren.

RHEINISCHER KARTOFFELKUCHEN

FÜR 4 PERSONEN:
1 kg mehlige Kartoffeln
4 Zwiebeln
250 g durchwachsenen geräucherten Speck
2-3 EL Butter/Margarine
4 Eier
1 Becher Sahne
Salz, Pfeffer aus der Mühle
1 Prise Muskat
1 Prise Cayennepfeffer
Butter/Margarine zum Ausfetten

1. Die Kartoffeln gründlich waschen, schälen und grob raffeln.

2. Die Zwiebeln schälen und in Scheiben schneiden.

3. Den Speck in feine Würfel schneiden. Die Butter oder Margarine in einer Pfanne erhitzen und den Speck darin auslassen.

4. Die Zwiebeln und die Kartoffeln dazugeben.

5. Die Eier mit der Sahne verschlagen und das Ganze mit Salz, Pfeffer, Muskat und Cayennepfeffer kräftig würzen.

6. Eine Auflaufform mit Butter oder Margarine ausfetten, die Kartoffelmasse einfüllen.

7. Die Eier-Sahne gleichmäßig darauf verteilen und das Ganze im auf 180-200° C vorgeheizten Backofen 30-40 Minuten backen. Nach Ende der Garzeit herausnehmen, anrichten, ausgarnieren und servieren.

ANNAKARTOFFELN

FÜR 4 PERSONEN:
1 kg mehlig kochende Kartoffeln
100 g Butterschmalz
Salz, Paprikapulver

1. Die geschälten Kartoffeln waschen, gut abtropfen lassen und in 1-2 cm dicke Scheiben schneiden.

2. In kaltem Wasser zweimal waschen, dann in einem Küchentuch abtropfen und trockentupfen.

3. Einen runden, dickwandigen Bratentopf mit Butterschmalz einstreichen.

4. Die Kartoffelscheiben auf den Topfboden legen, dabei einen Kranz von sich dachziegelartig überlappenden Scheiben legen.

5. Den nächsten Kranz so legen, daß er auch die Scheiben des ersten etwas überlappt .

6. Die Kartoffeln dünn mit Salz und Paprika bestreuen.

7. Die restlichen Kartoffelscheiben lagenweise darüber einschichten. Jede Lage mit Salz und Paprika würzen und mit etwas geschmolzenem Butterschmalz beträufeln.

8. Die Kartoffeln in dem gut verschlossenen Topf auf dem Herd kurz erhitzen und anschließend im auf 250° C vorgeheizten Backofen 35-40 Minuten backen.

9. Die Kartoffeln nach Ende der Garzeit auf eine Platte stürzen, ausgarnieren und sofort servieren.

THÜRINGER KLÖSSE

FÜR 4 PERSONEN:
1 kg Kartoffeln
65 g Grieß
1/4 l Milch
Salz, weißen Pfeffer aus der Mühle
1 Prise Muskat
2 Scheiben Toastbrot
20 g Butter/ Margarine

1. Die Kartoffeln schälen, gut waschen und bereitstellen.

2. Den Grieß unter Rühren langsam in die kochende Milch einrieseln lassen und bei ganz schwacher Hitze ausquellen lassen.

3. In der Zwischenzeit die Kartoffeln reiben und in ein großes Küchentuch geben, kräftig ausdrücken.

4. Die Kartoffeln und den heißen Grieß gründlich miteinander vermischen, mit Salz, Pfeffer und Muskat kräftig würzen.

5. Die Toastbrotscheiben würfeln und in der heißen Butter goldgelb rösten.

6. Aus dem Teig mit angefeuchteten Händen Klöße von etwa 6-7 cm Durchmesser formen und in die Mitte 2-3 Brotwürfel drücken.

7. Zu Klößen rollen, bis eine glatte Außenschicht entsteht.

8. Salzwasser aufkochen lassen, alle Klöße einlegen und bei milder Hitze garziehen lassen, bis alle Klöße an der Oberfläche schwimmen. Die Klöße herausnehmen und als Beilage servieren.

PFÄLZER KARTOFFELKLÖSSE

FÜR 4 PERSONEN:
4-5 altbackene Brötchen
1/2 l Milch
1 kg Kartoffeln
Salz, Pfeffer aus der Mühle
1 Prise Muskat
1 Ei
1/2 Bund Petersilie
Salzwasser
40 g Butter/Margarine
20 g Semmelbrösel

1. Die Brötchenrinde mit der Küchenreibe entfernen und die Brötchen in dünne Scheiben schneiden.

2. Die Milch zum Kochen bringen und gleichmäßig über die Brötchenscheiben gießen.

3. Die Kartoffeln schälen und fein reiben. In einem großen Küchentuch auspressen.

4. Die geriebenen Kartoffeln zu den Brötchen geben, mit Salz, Pfeffer und Muskat würzen. Das Ei und die gehackte Petersilie dazugeben und das Ganze zu einem glatten kompakten Teig verkneten.

5. Aus dem Teig mit feuchten Händen Klöße von 5-6 cm Durchmesser formen und in kochendes Salzwasser legen.

6. Die Klöße bei milder Hitze garziehen lassen. Sie sind fertig, wenn alle Klöße an der Oberfläche schwimmen.

7. Die Klöße herausnehmen, gut abtropfen lassen und anrichten. Die Butter oder Margarine erhitzen und die Semmelbrösel darin goldgelb rösten.

8. Die gerösteten Brösel auf die Klöße verteilen. Die Klöße ausgarnieren und als Beilage servieren.

PIKANTE KARTOFFELPFANNE

FÜR 4 PERSONEN:
1 Packung Knödel halb + halb
Salz, Pfeffer aus der Mühle
1 Prise Muskat
3/4 l Wasser
2 EL Keimöl
125 g gewürfelten durchwachsenen Speck
1/8 l Milch
4 Eier
1 Prise Cayennepfeffer
1 Prise Paprikapulver
125 g geriebenen Emmentaler
1 Bund Schnittlauch

1. Die Knödelmasse nach Vorschrift anrühren und mit Salz, Pfeffer und Muskat kräftig würzen.

2. Die Masse 10 Minuten ausquellen lassen und zu einer Rolle von etwa 5 cm Durchmesser formen. Diese anschließend in Scheiben schneiden.

3. Das Keimöl erhitzen, die Hälfte des Specks dazugeben sowie die Hälfte der Knödelscheiben darin von beiden Seiten knusprig braun braten. Herausnehmen und bereitstellen.

4. Die zweite Hälfte ebenfalls braten und alles wieder in die Pfanne füllen.

5. Die Milch mit den Eiern verschlagen, mit Salz, Pfeffer, Cayennepfeffer und Paprikapulver kräftig würzen.

6. Die Eiermilch und den Käse über die Kartoffelscheiben geben, die Pfanne verschließen und bei schwacher Hitze das Ganze stocken lassen.

7. Die Pikante Kartoffelpfanne anrichten, mit dem feingeschnittenen Schnittlauch bestreuen, ausgarnieren und servieren.

KARTOFFELPFANNE MIT FETA

FÜR 4 PERSONEN:
500 g Kartoffeln
1 Zwiebel
2 Knoblauchzehen
1 TL Salz
2-3 EL Sonnenblumenöl
1 grüne Paprikaschote
2 Stangen Lauch
etwas Gemüsebrühe
1 Dose geschälte Tomaten
1 große Dose Kidney Bohnen
Salz, Pfeffer aus der Mühle
1 Prise Chilipulver
1 Prise Zucker
1 TL Oregano
1 TL Thymian
1 Scheibe Patros-Feta in Salzlake (150 g)

1. Die Kartoffeln waschen, schälen und in Würfel schneiden.

2. Die Zwiebel schälen und ebenfalls fein würfeln.

3. Die Knoblauchzehen schälen und mit Salz zu einer Paste zerreiben.

4. Das Sonnenblumenöl in einer Pfanne erhitzen und das Gemüse darin glasig schwitzen.

5. Die Paprikaschote halbieren, entkernen, in Streifen schneiden, mit dem geputzten und in Streifen geschnittenen Lauch zum Gemüse geben und kurz mitbraten.

6. Das Ganze zugedeckt bei mäßiger Hitze 10-15 Minuten dünsten. Je nach Bedarf etwas Gemüsebrühe oder Wasser angießen.

7. Die geschälten Tomaten mit den Kidney Bohnen unter das Gemüse heben und das Ganze erhitzen.

8. Mit Salz, Pfeffer, Chilipulver, Zucker, Oregano und Thymian kräftig würzen.

9. Das Ganze nochmals kurz durchkochen lassen, anrichten, den in Würfel geschnittenen Feta-Käse darauf verteilen, die Kartoffelpfanne anrichten, ausgarnieren und servieren.

KARTOFFELPFANNE MIT SCHMELZKÄSE-CREME

FÜR 4 PERSONEN:
1 kg kleine Kartoffeln
4 Schweineschnitzel
Salz, Pfeffer aus der Mühle
1 Prise Cayennepfeffer
1 Prise Muskat
3-4 EL Butterschmalz
1 rote Paprikaschote
1 gelbe Paprikaschote
1 Bund Frühlingszwiebeln
300 g Erbsen (TK-Produkt)
1/4 l Gemüsebrühe
200 g Sahne-Schmelzkäse
1 EL Speisestärke
1 Bund Schnittlauch

1. Die Kartoffeln gründlich waschen, in einen Topf geben, Salzwasser angießen und die Kartoffeln in 20-25 Minuten garen.

2. Die Schweineschnitzel waschen, trockentupfen, in feine Streifen schneiden, mit Salz, Pfeffer, Cayennepfeffer und Muskat würzen.

3. Das Butterschmalz in einer Pfanne erhitzen und die in Scheiben geschnittenen Kartoffeln darin rundherum kräftig anbraten, bereitstellen.

4. Anschließend nacheinander die Schnitzelstreifen, die geputzten und in Streifen geschnittenen Paprikaschoten und die geputzten und kleingeschnittenen Frühlingszwiebeln unter ständigem Rühren in der Pfanne braten, herausnehmen und bereitstellen.

5. Die Erbsen ebenfalls in der Pfanne kurz unter ständigem Rühren braten und zum restlichen Gemüse geben.

6. Die Gemüsebrühe angießen und den Sahne-Schmelzkäse darin unter ständigem Rühren schmelzen lassen.

7. Die Sauce mit etwas angerührter Speisestärke binden, mit Salz, Pfeffer, Cayennepfeffer und Muskat würzen.

8. Das Gemüse mit dem Fleisch in die Sauce geben, nochmals aufkochen lassen, 5 Minuten schmoren und kräftig abschmecken.

9. Die Kartoffelpfanne anrichten, mit dem frisch geschnittenen Schnittlauch bestreuen, ausgarnieren und servieren.

KARTOFFELKUCHEN MIT SCHINKEN

FÜR 4 PERSONEN:

800 g mehlig kochende Kartoffeln
3-4 EL Butterschmalz
150 g gekochten Schinken
1 Zwiebel, 1 TL Majoran
30 g Mehl, 3 Eigelb
Salz, Pfeffer aus der Mühle
1 Prise Muskat
1 Prise Cayennepfeffer
3 Eiweiß, 100 ml Sahne

1. Die Kartoffeln 20-25 Minuten garen.

2. Das Schmalz erhitzen und den in fein gewürfelten Schinken darin anschwitzen.

3. Die Zwiebel schälen, fein hacken, zum Schinken geben und kurz mitschwitzen.

4. Die Kartoffeln abgießen, schälen und durch die Kartoffelpresse treiben.

5. Die Zwiebel-Schinken-Mischung mit dem Majoran, dem Mehl und den Eigelben unter die Masse rühren.

6. Mit Salz, Pfeffer, Muskat und Cayennepfeffer abschmecken.

7. Die Eiweiße und die Sahne vermischen, steif schlagen und unter die Kartoffelmasse heben.

8. Eine Pie-Form mit Butter oder Margarine ausfetten und mit Paniermehl bestreuen.

9. Die Masse einfüllen, glattstreichen und das Ganze im Wasserbad ca. 70-80 Minuten garziehen lassen. Anschließend herausnehmen und 10 Minuten garziehen lassen.

10. Den Kartoffelkuchen aus der Form stürzen, in Scheiben schneiden, anrichten und je nach Geschmack mit einem Tomatenquark überziehen, ausgarnieren und servieren.

Wir danken für die freundliche Unterstützung der Firmen:
Molkerei Müller: 7, 11, 15, 23, 32, 35, 36, 41, 42, 43, 53;
Lagnese Iglo GmbH: 17;
Knorr/Maizena: 25, 74, 79;
Bresso Frischkäse: 26, 31, 39, 51;
CMA Butterschmalz: 27, 73, 75, 77, 82;
USA Sonnenblumenkerne: 33, 47, 65;
G-C-I Ringpress: 37, 80, 81;
Adam: 44, 61;
Thomy: 45, 49, 55;
Carmel: 59;
Fischwirtschaftliches Marketinginstitut: 62, 63;